拯救远东豹

［英］安东尼·麦高恩 著
金昕 译 ［英］尼尔森·埃弗格林 绘

北京出版集团
北京少年儿童出版社

著作权合同登记号
图字：01-2023-1275

Text and illustration copyright © Willard Price Literary Management Ltd 2012
The right of Nelson Evergreen to be identified as the illustrator of this work has been asserted in accordance with Section 77 and 78 of the Copyright, Designs and Patents Act 1988
This edition arranged with Willard Price Literary Management Ltd through BIG APPLE AGENCY, LABUAN, MALAYSIA.
Simplified Chinese edition copyright：2023 Beijing Juvenile & Children's Publishing House Co., Ltd.
The moral rights of the author Anthony McGowan have been asserted.
Illustrated by Nelson Evergreen
Willard Price and the Willard Price Logo are trade marks of Willard Price Literary Management Ltd, used under license by Beijing Juvenile & Children's Publishing House Co., Ltd.
Hal and Roger is a trade mark of Willard Price Literary Management Ltd, used under license by Beijing Juvenile & Children's Publishing House Co., Ltd.
All rights reserved.

图书在版编目（CIP）数据

哈尔罗杰历险记续. 拯救远东豹 /（英）安东尼·麦高恩著；金昕译；（英）尼尔森·埃弗格林绘. — 北京：北京少年儿童出版社，2024.1
书名原文：Willard Price：Leopard Adventure
ISBN 978-7-5301-6529-4

Ⅰ. ①哈… Ⅱ. ①安… ②金… ③尼… Ⅲ. ①儿童小说—长篇小说—英国—现代 Ⅳ. ①I561.84

中国版本图书馆 CIP 数据核字（2022）第239016号

哈尔罗杰历险记续　拯救远东豹
HA'ER LUOJIE LIXIAN JI XU　ZHENGJIU YUANDONGBAO
［英］安东尼·麦高恩　著
金昕　译　　［英］尼尔森·埃弗格林　绘
*
北　京　出　版　集　团
北京少年儿童出版社　出版
（北京北三环中路6号）
邮政编码：100120
网　　址：www.bph.com.cn
北京少年儿童出版社发行
新　华　书　店　经　销
北京市科星印刷有限责任公司印刷
*
880毫米×1230毫米　32开本　6.25印张　160千字
2024年1月第1版　　2024年1月第1次印刷
ISBN 978-7-5301-6529-4
定价：28.00元
如有印装质量问题，由本社负责调换
质量监督电话：010-58572171

目录 CONTENTS

1	巨兽心情很不好	1
2	攀爬	2
3	新朋友	5
4	亚马逊品味高端生活	10
5	布鲁伊	15
6	建造追踪组织	17
7	大巡游	21
8	弗雷泽的新玩具	25
9	女牛仔亚马逊	29
10	棘手局面	31
11	弗雷泽的一枪	33
12	任务	35
13	奔赴西伯利亚	41
14	毛茸茸的飞机	44

15	会合	49
16	放生紫貂	52
17	弗雷泽被袭	54
18	马克哈的房子	57
19	救援计划	60
20	我宁可遇上老虎	64
21	恐怖的夜晚	66
22	弗雷泽对决老虎	72
23	老猎人	76
24	弗雷泽虚张声势	78
25	"狗肉"晚餐	81
26	安巴!	85
27	整装待发	87
28	上船	91
29	"游轮"遇险	94
30	弗雷泽遭受责备	98
31	怎样（不）点燃篝火	101

32 重踏征程	104
33 安巴再次受挫	106
34 分头行动	108
35 母豹子	111
36 深入森林心脏	113
37 我还在往下掉呢	116
38 旅人的休憩	119
39 世界上最大的黄鼠狼	122
40 猎杀现场	125
41 棕色巨兽	130
42 营地	132
43 杀戮熊的故事	135
44 熊与老虎	139
45 森林之夜	142
46 安巴撤退	144
47 信号	145
48 猛虎出击!	147

49	极度震惊	149
50	在猛兽的肚子里	153
51	德尔苏的故事	156
52	归来与发现	158
53	鲍里斯回来了	162
54	真假难辨	164
55	基洛夫的营地	167
56	哗哗！	171
57	老朋友	174
58	才出虎口，又入狼窝	177
59	机不可失	181
60	繁星掷长矛，泪水洒穹苍	184
61	营救	188
62	一个新的追踪者和一个老对头	190

1
巨兽心情很不好

这头脾气暴躁的大林猪绝对是你最不想招惹的那类动物。它的体重至少有二百五十千克，两个巨大的獠牙弯曲着从上颚向上翻出，另外两个从下颚向外伸出来。一头心情好的大林猪很可能是危险的动物，而一头心情不好的大林猪可就会要人命了——它的那些獠牙可以把人开膛破肚，然后像倒空一罐豆子那样把人的肚子掏空。

而眼前这头大林猪恰恰心情极度不佳，正用那对贪婪的眼睛肆无忌惮地盯着亚马逊·亨特。它的鼻子向外喷着气，发出巨大的噪声，就像一辆猛踩油门的汽车，停一下又重新启动。

"我究竟到这儿来做什么呢？"亚马逊心想，这几天她可不止一次这么想了。她已经离家太远了，眼下她活命的希望全都掌握在她那位只有十四岁的堂兄手里了。可老实说，堂兄几乎没有可能击中大林猪，他自身难保，哪里还顾得上亚马逊？

2
攀爬

亚马逊的冒险之旅，三天前从几千千米之外就开始了。

那天，她站在宿舍楼下，伸长脖子仰望着自己卧室那扇敞开的窗户。这是一所位于英国萨塞克斯乡村的寄宿学校，而她的卧室在米尔班克修道院宿舍楼四楼。她在心里暗自忖度：爬上去有点儿难度，但也不是不可能。

当然，要是你恐高就别指望了。

亚马逊又过了门禁时间。她之前一直待在学校操场边上的树林里，那儿有一大家獾正在洞穴外面玩耍。她全神贯注地观察着这些小家伙在干树叶子上互相打斗、翻滚的模样，完全忘记了时间。她也想过直接从学校华丽的大门冲进去，但是如果这次再被抓住，就彻底完蛋了！佩蒂弗小姐——那个凶神恶煞的女校长已经说过了，要是亚马逊再闹出什么"故事"来的话，就要被关进那个令人毛骨悚然的老房子里，关一整个暑假。这可让人受不了。而且，这个"故事"可以是任何事情：比如穿一条太短的裙子、炸掉半个化学实验室（即便那只是一个偶然的事故），诸如此类。

成为唯一一个在米尔班克修道院度过整个暑假的女孩，实在太糟糕了。当朋友们被父母接走的时候，她只能跟她们一一挥手告别，然后孤零零地回到空荡得能听到回声的宿舍。有时候她真希望父母的生活能少一些……趣味，那样的话，她自己的生活也许就不会这么无聊了。

她开始爬楼了。第一段比较容易,墙上有被结实的托架固定住的铁制旧排水管,这让她强壮的手指和灵活的双脚都有了理想的支撑点。很快她就爬到了二楼。

然后,她往下看了看。

这真是个大错误。

她的头忽地旋转了起来。有那么一阵子,她觉得自己可能要吐了。这在她那像果冻一样颤颤巍巍的恐惧上,又添了一层世界上最恶心的东西。她深深地吸了一口气,重新平复了一下情绪,接着把手伸向下一个抓手。一分钟后,她爬到了三楼。她的胳膊开始疼起来,于是休息了一会儿。这次她没再往下看,但是仍在心里琢磨着如果摔下去会怎样。

扭伤脚踝?

摔断腿?

摔断脖子?

她知道自己这事干得太鲁莽了,可眼下,往下滑跟接着往上爬的难度是一样的。她记得在什么地方读到过,登山事故大多发生在下山的时候。

她又深吸一口气,继续向上爬去。终于快爬到四层了,马上就到了!敞开的窗户向她发出甜蜜而温柔的呼唤。但是,就在此时,她发现了这个攀爬计划中的致命漏洞:还得从排水管爬到窗台!

她伸出手去,但不管怎么努力,手指尖只能碰到窗台的边角。这肯定不行。只能跳过去了!她又想,会不会坠落?从空中掉下去得有多恐怖？摔到地上会有多痛？

然而，尽管有恐高症，可亚马逊并不怯懦。她绷紧肌肉，侧身越过墙面，跳了过去。

她跳得非常棒，几乎就要成功了！

她的手指摸到了窗台并紧紧抓在了那里。可令亚马逊万分沮丧的是，那陈年的墙灰已经变得酥脆不堪，根本抓不牢，她的手指开始下滑。她拼命想抓住窗台，但只是徒劳。她的身体开始往下掉，她试图把指甲抠进墙体里，可这也是白费力气。墙皮开始剥落，把她的希望也带走了。

她甚至想要大声喊叫，可她不是那种爱尖叫的女孩。

在最后时刻，她想到的是爸爸妈妈。她真希望再见他们一面，最后一面……

3
新朋友

就在这时,一只手猛地紧紧抓住了她的手腕。她喘着粗气,惊愕地抬头望去,一个头发蓬松凌乱的男孩子从窗口探出身来。他那双灰色的眼睛看上去有些眼熟,尽管她确信自己之前从来没见过他。

"嘿,堂妹,"他说,"虽然我未经允许就进了你房间,可我一直觉得,你进出房间也是不会敲门的。"

男孩子使劲拽着亚马逊,让她总算在墙上一块古老的砖头上找到了放脚的地方。她的双膝刚在窗台上放稳,就立刻甩开了男孩的手。

"你到底是什么人?"她的声音已经接近咆哮了。

"嘿!名字叫亚马逊,性子也像亚马逊人[①]啊。"男孩儿依然龇牙笑着。

"你在说什么?"她没好气地打断他。

"我是说,那个,就是那些酷得不得了的古希腊女战士……你刚才爬墙的样子,就跟蜘蛛侠似的,就是这些。"

"我知道那些光芒四射的亚马逊人是谁。你还没告诉我你是谁!"

---

① 古希腊神话中一个全员都是女战士的民族。

他的嘴咧得更大了:"我是你堂兄弗雷泽·亨特。刚才要是我没往窗外看那一下,估计你的脖子已经摔断了——"

"我才不会有事。我能搞定。"亚马逊违心地说道。她知道她有一个叫弗雷泽的堂兄,但从来没见过他。

这时,她忽然注意到,还有一个人站在黑影里,问道:"你又是谁?"

只见那人向前迈了一步。他个子很高,但是腰向前弓着,头发几乎都掉光了。他伸出手来:

"我是约翰·德雷克斯勒医生,很高兴见到你。"

亚马逊没握他的手,心中依然充满疑虑。她被眼前的一切搞得措手不及,这可不是她喜欢的方式。

"这到底是怎么回事?"

"我认为最好等咱们安全上了飞机,我再给你解释。"德雷克斯勒医生说,"我们必须赶紧走,否则就赶不上这趟航班了。"

"上飞机?航班?怎么回事?我们要去哪儿?"

"呃,先到纽约,然后去'追踪基地'(the TRACKS base),你伯父哈尔会在那里等着我们,你爸爸妈妈应该也会和我们同时到达。"

"我爸妈?他们去那儿干什么?可我不能就这么说走就走……佩蒂弗小姐……肯定不允许。"

"你错了。"一个尖厉的声音传进房间,亚马逊转过身去,看到了那张同样"尖利"的面孔。佩蒂弗小姐冲进已经显得很拥挤的房间,"我刚刚收到你父母的电子邮件,你可以跟这两个人走。"

佩蒂弗小姐丝毫没有掩饰她的不悦,实际上,正如亚马逊猜想的那样，佩蒂弗小姐内心十分纠结——既为能摆脱亚马逊而感到欣慰（亚马逊已经全额支付了所有费用，按规定学校是不退款的），同时又为这件事竟然是以这样一种不同寻常的方式达成而感到懊恼。

"我可以看看这封邮件吗？"亚马逊问道。

"当然。"佩蒂弗小姐冷冰冰地回答，"我已经把它打印出来了。"

她递给亚马逊一张 A4 打印纸。邮件分成两个部分：第一部分是亚马逊的妈妈凌梅（Ling-Mei）写给佩蒂弗小姐的，上面简明地告知她，亚马逊这个暑假将不用留在学校。第二部分是写给亚马逊的，上面写着：

亲爱的亚马逊：

  爸爸和妈妈不得不提前结束我们在阿拉斯加的考察。我们发现了一些很重要的信息，需要跟你的伯父哈尔谈一谈。我们认为你最好到长岛的老牧场来见我们，就是那个你爸爸从小生活的农场，哈尔正在那儿运营他的动物保护组织。哈尔会派他的助手德雷克斯勒医生和他的儿子——也就是你的堂兄弗雷泽一起去接你。我并不想把事情搞得神秘兮兮的，不过我目前确实没法儿跟你多说了，等咱们在长岛见面后再说吧！

满满的爱，
妈妈

（还有，爸爸让你在飞机上别吃太多橄榄！）

这事肯定是真的了。亚马逊像成年人一样对黑橄榄超乎寻常的喜爱一直是家人的一个笑话。

她又看了看屋子里的这几个人。弗雷泽长了一张人见人爱的脸孔,即便是像自己这样生性多疑的人,也很难不喜欢上他;德雷克斯勒医生的脸不太容易读懂,但看上去危害不大;然后就是那位佩蒂弗小姐——没错,她是亚马逊离开这里的绝佳理由。

不过,比起逃离佩蒂弗小姐,马上能见到爸爸妈妈才是最让亚马逊开心的事情。他俩已经连续四个月在外做一个神秘的考察了,整整四个月里,她只接到过一个急匆匆的电话,还因为卫星信号中断而中途挂掉。还有个隐藏在她内心深处,让她感到兴奋的理由就是——她知道这将是一次探险!

"给我五分钟,我收拾一下行李。"她说。

与此同时,在八千多千米之外,一只母远东豹——世界上最珍稀的大型猫科动物之一——正在机警地嗅着空气。

此刻本应是岁月静好,两只小豹崽儿刚刚吃足了奶水,正舒舒服服地依偎在母豹厚厚的茸毛里。

但是母豹感觉很不安。它只害怕两种动物:首先是人类,他们手里有能发出响雷般轰鸣的杀伤力强大的"棍子";其次是老虎。曾经有人带着狗在树林那里转悠,而前两天,它还嗅到了一股强烈的雄性老虎的气味。

但是,这时正在靠近的是别的东西,是比人还快、比老虎还致命的东西,是即使隐藏在最深的洞穴中也让它难以逃脱的东西。

它又嗅了嗅,回忆起了什么,然后小心翼翼地叼起两只小宝宝，它们睡意蒙眬、喵喵地抗议着。它没有理会宝宝们的哭声，默默穿过茂密的灌木丛，离开了那里。

  它不会知道，自己在逃离心中的恐惧时，却正在走向另一种险境。

4
亚马逊品味高端生活

三个小时之后,亚马逊坐在了豪华的飞机头等舱座椅上,她的一边坐着堂兄弗雷泽,另一边坐着德雷克斯勒医生。他们正在大西洋上方一万米的高空飞行。

她父母没什么钱,从事环境工作赚的钱几乎都用来交寄宿学校的学费了。因此,这还是她第一次没有坐最便宜的舱位出行。她感觉自己就像一个坐在宝座上的公主,而且,他们竟有四种不同口味的橄榄,还会应你的要求随时送上来!

然而,尽管座位既舒服又豪华——说不定正是因为这个——亚马逊依然感到困惑与不适。她的爸爸罗杰·亨特在很多年前就跟哥哥哈尔吵翻了,据她所知,从她还是个婴儿的时候起,他们之间就一句话都不说了。亚马逊搞不懂,到底是什么重要的事情,能让这两兄弟重聚到一起呢?

要是妈妈在邮件里多说点什么就好了……

她看看弗雷泽,他正一边吃着椒盐脆饼圈,一边玩着他的新玩具:一个超酷的小型莱卡数码相机——那种相机的价钱高得会让你以为是金子做成的。她渐渐喜欢上这位兄长了,不过她不认为弗雷泽能解答她的疑惑。她又转过头去看德雷克斯勒医生,他正在读一本《兽医科学》。

"您能确定,我爸妈真的在长岛等着我吗?"她问。

德雷克斯勒医生放下手中的杂志，透过老花镜上缘看着她："我是这么，呃……估计的。他们给你的伯父哈尔发了一条短信，说有，呃……至关重要的事情要告诉他，还说必须把你也带到'追踪基地'。但我和弗雷泽出发的时候，他们还没到呢。"

他说话时经常夹杂着"呃"，似乎总在寻找一个最准确的词语来表达，这倒是符合他总体来说十分讲究的外表，他的指甲是亚马逊见过的最整洁的了。

"为什么他们自己不来接我？"

"那是不可能的。他们是直接从……呃……我也不确定是世界哪个偏远的地方，飞过去的。"德雷克斯勒医生略显紧张地笑了一下，也许只是亚马逊这么觉得。他抿了一小口干马提尼酒，那是一位时刻保持微笑的优雅的空中小姐为他端上来的，"告诉我，亚马逊，关于哈尔·亨特的组织，你都知道些什么？"

"我们的名字叫'追踪'，"弗雷泽插进来说，"这个名字是我帮忙想出来的，意思是……等等，我可别说错了，是跨地区动物保护及知识协会。我知道这名字有点儿拗口，可所有巧妙简洁的名称都已经被人用了，而且得考虑版权问题。总之，就是我说的，我们就叫它'追踪'（TRACKS[①]），而我们，就是追踪者。酷吧？"

亚马逊不置可否地"嗯"了一声，"我听我父母谈起过，他们说这是一个很大的组织，按理说应该是要救助动物的，可……"

"按理说？"

"是啊，我爸说，你们从百万富翁和大企业那里拿钱，可那些

[①] 跨地区动物保护及知识协会Trans-Regional Animal Conservation and Knowledge Society 的首字母缩写，翻译成汉语即"追踪"。

人在保护环境方面肯定不会有什么良好记录。我爸说，哈尔伯父出卖了原则，抛弃了以前的理想。还有，"接着，她低头看着眼前的橄榄，满怀罪恶感地说，"我们坐的是头等舱，我真不敢想象我爸知道后会怎么说。我是说，这些钱是不是应该花在更……更重要的事情上？"

"你这样说太不公平了！"弗雷泽大喊起来，"这家航空公司是我们的一个合作伙伴，我们坐这趟飞机根本没花钱。而且，没有找来的那些钱，我爸就没法儿做那么多炫酷的事情了！"

德雷克斯勒医生拍了拍男孩的胳膊：" 没什么，弗雷泽。亚马逊还不知道我们的实际情况。等她多了解一些后，她就会赞赏我们的工作了。"他转过身来对亚马逊说："我来给你描述一下我们组织都在做什么。你肯定知道，哈尔·亨特是世界上最受尊敬的环保主义者和动物专家之一，二十年前，他和你父亲罗杰·亨特一起建立了追踪组织。"

"是，我知道，后来我爸爸离开了，因为那些穿西装的人总来乱加干涉。"

"就像你说的，"德雷克斯勒医生非常耐心地接着说，"你父亲在组织创建初期就离开了。两位亨特先生的做事方法可能有所不同，但在基本宗旨方面没有真正的分歧。追踪组织致力于为年轻的环保主义者提供最前端的技术培训和资源。这些，呃，追踪者们像飞行小分队一样行动，随时准备出发去营救那些处于危险之中的野生动物。大多数队员的年龄都在十八岁以上，但是咱们的弗雷泽也已经参加过好几次救援行动了，是吧，弗雷泽？"

弗雷泽脸红了，但看上去还是相当高兴的。"是，差不多吧。

因为我爸爸的关系。我主要负责拍照,就是记录救援工作。"他举起相机给亚马逊看,"我正琢磨着要不要背太大的家伙,这个小家伙就到手了,它可帮了我大忙。"

"除了这些实地救援任务之外,"德雷克斯勒医生接着说,"追踪组织也运营'圈养繁殖计划'以支持环保工作,比如,最近我们就参与了把小熊猫送回喜马拉雅山麓的行动。而且,我们还为其他野生动物慈善机构和组织提供设备和资源。我们是实实在在的好人,同时,我们总是热切期待新人的加入……"

亚马逊大吃一惊,难道德雷克斯勒医生想让她成为一名追踪者吗?

"什么?您是说……"

"凡事皆有可能。等见到你父母后,我们可以跟他们谈谈。"

"那么,您在这个组织里的具体工作是什么呢?除了给弗雷泽当保姆之外。"亚马逊问道。她的疑惑使她的声音显得有些刺耳。

德雷克斯勒医生嘴角抽动了一下,眼镜片后面闪过一道寒光,他严肃地说:"我是追踪组织的首席兽医。"

"他非常棒。"弗雷泽说,"瞧,他还切掉了我的盲肠。那时候我们在莫桑比克,没法儿去医院,他就用铅笔刀和一个类似勺子的东西切的。"

弗雷泽掀起衬衣,露出一道整齐的紫色疤痕。

亚马逊瞪大了双眼。

"你有些夸大其词了,弗雷泽,"德雷克斯勒医生说,"我随身带着一个医疗箱呢。不过还是要谢谢你。现在我建议大家都抓紧时间休息一下,明天会很忙的。"

他们把头等舱的座椅放倒成睡床。很快,灯光暗了下来,没几分钟,亚马逊就听到一侧传来轻微的打鼾声,另一侧则是某人在梦中的喃喃呓语。

她脑子里塞了太多事情、太多没有答案的问题,觉得自己根本不可能睡着。然而最终她还是不知不觉地进入了梦乡,梦见自己被一张大嘴追逐,充满恐惧地四处逃跑,那张大嘴露出满口亮闪闪的牙齿,发出阵阵嚎叫。

5
布鲁伊

一个皮肤晒成了古铜色、个子高高的澳大利亚年轻人在纽约的肯尼迪机场迎接他们。

"嘿,逊妮儿,"他当场给亚马逊起了个绰号,"我是布鲁伊。"他指了指自己蓬乱得像墩布一样的头发,好像它可以说明一切。

弗雷泽冲着她眨了眨眼睛:"逊妮儿——就这么定了!"亚马逊半开玩笑地拍了他一巴掌——一切就这样开始了。

布鲁伊把他们带到一辆巨大的、引擎轰鸣的吉普车前,这辆吉普占了两个停车位。

"它可不怎么环保。"亚马逊一边说着,一边跟他们一起爬进开足了空调的车子里。她的父母只要回到英国,就开电动汽车。

"你是说这个'老姑娘'?"布鲁伊说道,"才不呢,它已经被改装成氢气燃料了,唯一的排放物就是纯净水。"

"真的?"亚马逊惊叹道,"看着不像啊。"

"简单的化学而已。"布鲁伊答道,"氢加氧就是H_2O。"

"哼哼,这个我知道。"亚马逊说着,暗自懊恼已经忘记课堂上学的知识了。上化学课和物理课时她总是走神儿——她最喜欢的课是生物。

汽车开了三个小时才到达追踪总部:先是高速公路,然后是普通道路,最后是颠簸的乡村小道。

布鲁伊和弗雷泽热烈地聊起了追踪组织,当布鲁伊说到一个叫作"X-雅克"的东西——亚马逊不知道那是个什么玩意儿——已经到货时,弗雷泽变得特别兴奋。他们的热忱极具感染力,听他们讲述小北极熊宝宝、海豚、小袋鼠的故事,亚马逊不由自主地跟着笑了起来。她父母从来不带她一起去探险,她真心羡慕弗雷泽和他的朋友们的生活。

她真的会成为他们之中的一员吗?

6
建造追踪组织

追踪总部所在的这个老农场有一半隐遁在绿色的山谷之中，距离大海只有几千米远。听了那么多关于技术和投资的讨论之后，亚马逊期待着看到一座闪耀着金属和玻璃光泽的建筑，就像在科幻电影中看到的那样。然而，展现在她眼前的却是一幅迷人质朴的乡村景色画卷：一所老旧的带前廊的大农舍、两座巨大的谷仓、一排马厩以及大片的田地和牧场。唯一与其他美国农场不同的是，田地里牧养着各种各样的动物。

亚马逊突然感到特别兴奋，这可不仅仅是因为马上就要见到爸爸妈妈了。她吃惊得张大嘴巴，眼前是四散在牧场上的几匹斑马、一小群牛羚、一头带着小宝宝的母犀牛，还有一只模样怪异的鸟——像是脾气暴戾的小鸵鸟，伸着蓝色的脖子，头顶上还长着一个看起来坚硬又凶狠的头盔。

"这是嘎嘎小姐①，我们的鹤鸵。"布鲁伊注意到亚马逊盯着的目标，告诉她说，"小心啊，就算它不用头顶你，也会用爪子狠狠砍你。跟它最相似的动物大概是白垩纪时代的伶盗龙了吧。"

他们在农舍前面停了下来，一位身穿白大褂的年轻女士出来迎接他们。她大步走过来，看上去十分严肃。她给亚马逊的印象

---

① 嘎嘎小姐：名字同美国著名女歌星 Lady Gaga。

是，即便不存在什么严肃的事情，她也一样显得很严肃。她戴着一副严肃的眼镜，留着严肃的发型，还长着一个非常严肃的鼻子。她一声不吭，把德雷克斯勒医生领到一旁，悄声跟他说着什么。

医生转过身来，亚马逊从他的神情中立刻察觉可能出了什么事情。

"我来介绍一下，这位是米兰达·科弗代尔，我的兽医助理。"

这位女士略略点了点头。德雷克斯勒医生继续说道："看来计划有变。亚马逊，恐怕你父母不能，呃……还没能赶到这里。而且，弗雷泽，看来你父亲也要出发去……嗯，呃，我想找一个更合适的词……去找他们。"

亚马逊感到一阵恐惧袭来，她晃动一下身体，想把恐惧甩掉，就像耸肩赶跑一只嗡嗡叫的蚊子一样。

"他们总是走丢，这就是他们会干的事。"她努力想让自己显得无所畏惧。

"不管他们在哪儿，我爸总会找到他们的。这就是他会干的事。"弗雷泽微笑地看着亚马逊，亚马逊也对他报以微笑，这还是第一次。"我带你去看看你的房间，"他说，"就在我隔壁。"

他们一起走进农舍。一楼有一个大厨房、一个起居室，以及一个装满了旧书的图书室。亚马逊的房间就是上面的阁楼，很小，几乎什么都没有，不过跟糟糕的米尔班克修道院比起来，可算是相当舒服了。

"你安顿一下吧！午饭后我带你到处走走。"弗雷泽说，"你会喜欢这儿的，真的。而且，你父母肯定不会有事的，我爸会带他们回来的。"

亚马逊点了点头，什么都没说。

午饭是在厨房和其余六位追踪者一起吃的三明治。弗雷泽把他们一一介绍给亚马逊，可是人太多了，亚马逊没法儿一下子都记住。他们充满青春和激情，在一起兴奋地讨论着动物、雨林和海洋。

7
大巡游

午饭后,弗雷泽和布鲁伊带着亚马逊进行了一次他们所谓的"大巡游"。

"这儿所有的电都是太阳能发动的。"弗雷泽抢着说道,很显然,他希望这一点能给他的堂妹留下深刻印象。

"那下雨天怎么办?"

"我们有一个小型发电站作后备。"多亏弗雷泽对动物和人都特别有耐心。

他们的巡游是从谷仓开始的。两个谷仓被划分出很多区域,用来容纳各种小动物。那里有几笼狨猴——一种长着金色绒毛的灵长类动物,个头儿比猫咪还小。布鲁伊打开其中一个笼子,狨猴们纷纷爬到亚马逊的手掌上,布鲁伊让她喂它们几片切好的苹果。

另外几个笼子里是长着冷冰冰的眼睛的蜥蜴,它们有亚马逊的胳膊那么长。

"这是什么动物?"亚马逊问道。

"科莫多巨蜥,它们还是小婴儿。它们成年以后,能大到干掉一头大水牛。它们的唾液有毒,能腐蚀你的肉体。"

亚马逊决定不去喂它们了。

外面还有个巨大的鸟笼,里面满是闹哄哄的鹦鹉、长着巨大的彩色喙的巨嘴鸟，还有看着很不吉利的果蝠。果蝠们包裹在皮革似的翅膀里，倒挂在笼子上。然后，他们来到一个带围墙的水池边，一对侏儒河马正在里面翻腾着。

"世界上只剩下几百头野生的侏儒河马了。"弗雷泽说。

一头侏儒河马摇摇晃晃地走过来，它的身高差不多到亚马逊的腰了。

"太可爱了。"她把手臂伸进围栏，想要摸摸它那深灰色的鼻子。

她突然想起爸爸曾经告诉过她，一头成年的河马，尽管外表很滑稽，却是非洲最危险的动物，一口就能把人咬去一半。眼前这家伙虽然个头儿只有它大号亲戚的四分之一，可依然是……她迅即抽回手臂，否则，她的手臂就可能被侏儒河马那十厘米长的凶狠獠牙咬断了。

那小暴君的鼻子轻蔑地喷着气，仿佛在向世界展示谁才是主人，然后又摇晃着回去了。

"你没事吧？"弗雷泽担心地问道。

亚马逊笑了，她松了口气，庆幸自己能够惊险逃生："啊，没事。就是有点儿……那个……又是鸵鸟，又是巨蜥，又是河马……这儿有没有不想杀掉我的家伙？"

"有。跟我来。"弗雷泽说。

布鲁伊仍然待在河马那里，弗雷泽带着亚马逊向马厩走去。"你会骑马吗？"他问。

亚马逊回答说："我会一点儿，但骑得不太好。我一直喜欢马，我爸爸也一直答应要给我一匹小马，可是我们从来没在同一个地方住过很长时间，住的地方也都不够大，养不了马。但去年夏天我上了几节马术课。"她的声音里带着真诚的渴望。

当他们走近马厩时，一个灰色的马头从其中的一间马房露了出来。

"嘿！看哪，那是乔伊，是我的马。"弗雷泽走过去，用手捧着它那柔软的鼻子，朝它轻轻吹了一口气。

"它可真美！"亚马逊赞叹道。

"没错。而且还特善良，它简直完美无瑕！如果你愿意，咱们明天可以骑马，今天还有好多东西没看呢！"

"那可太好了！"

"你可以骑乔伊，我骑示巴——它有点儿难搞。"

正说着，一个黑色的马头凑过来紧贴着灰色马头，还打了一个响鼻，喷了亚马逊一身口水。

"啊哟！"亚马逊尖叫起来，但声音里充满了欢快。

这天夜里，亚马逊久久不能入睡，一直想着发生在她身上的这一切。就在一天前，她还被困在米尔班克修道院，生活中除了一大家獾，没什么可指望的。而现在，她已经来到了大西洋的另一边，被一群斑马环绕着。

斑马！

这里还有个弗雷泽，不管怎么说，他一点儿也不傻气，但他身上的稚气和直爽会让人不由自主喜欢上他。

然而，她依然担心着妈妈和爸爸，要是他们也在这里，那一切就完美了。

她下了床，打开柜子的抽屉，伸手在里面摸索着——她把衣服都塞进去了。她在抽屉底部找到了要找的东西：一条带白点的红色领巾，因日久天长，它已经褪色并且被磨得发硬了。这是好多好多年以前，妈妈和爸爸第一次一同去探险的时候，爸爸送给妈妈的礼物。妈妈在这次去探险之前，把它交给了亚马逊。

她又爬回床上，把领巾放在手指上绕来绕去，闻着旧布料上的气味。尽管领巾洗得很干净，但不知怎的，她依然能从上面闻出妈妈以及妈妈曾经去过的那些令人兴奋的地方的气味，比如非洲、喜马拉雅山、黑暗的丛林和炎热的沙漠。

当她飘飘然进入梦乡时，她记起了和父母一起去湖区国家公园航行的情景，那是她和父母一起度过的为数不多的完整的夏天，是她一生中最幸福的时光。很快，她就梦见了湖面上的粼粼波光，妈妈清脆甜蜜的笑声，爸爸手把手教她系绳扣、削木棍……

8
弗雷泽的新玩具

第二天早上,仍然没有亚马逊父母和弗雷泽父亲的音讯。

"还是没有消息。"德雷克斯勒医生带着同情的微笑说。

亚马逊已经觉察到那个微笑背后隐藏着某些说不出口的信息,不像是他想刻意隐瞒什么他知道的东西,更像是他想让自己相信一切都好。

弗雷泽也觉察到了。弗雷泽对任何令人不安的消息或尴尬处境的回应始终一致:投入行动。

"走!"他热情地说,"咱们去骑马,正好现在天气还不太热。"

"好主意。"德雷克斯勒医生说,"你们可以骑到大林猪的围场那里。我和米兰达正准备一起过去看看那头老野猪,我估计它有一颗牙不行了,恐怕要拔掉。你可以用你的新玩具把它撂倒,弗雷泽。"

"我的X–雅克!太棒了!"弗雷泽完全赞成。

原来X–雅克是高科技的新型麻醉枪,用闪闪发亮的金属合金制成。就连讨厌枪支的亚马逊都觉得它相当酷,甚至有那么点儿星球大战的意思。

"还记得你在纳米比亚放走的那头大象吗,弗雷泽?从……多少来着?四米?"布鲁伊抿着嘴笑着,"你本来能用那个飞镖射中它的。"他转过身来对着亚马逊继续说:"可怜的弗雷泽,他能用照相机'摄'中任何目标，但是如果给他一把麻醉枪，他就完全……"

"那不是我的错！我在树上，当时还刮着大风，而且我那支枪的准星还歪了。但是X-雅克有激光测视镜，我不可能再失误了。"

"我们拭目以待。"德雷克斯勒医生说，"更重要的是，这是个实地检验的好机会，看看我们为X-雅克上的飞镖开发的最新混合镇静剂效果如何。我们花了大量时间和金钱来研究这种新型镇静剂，亚马逊。它除了含有异常快效的麻醉剂外，还有从某些南美树蛙皮肤腺体里提取的麻痹剂，几乎可以立即生效。通常，当你射中一只动物时，需要等几分钟它才会倒下去，这种情况无论对人还是对动物都可能很危险。而这种新型混合剂则完美解决了这个问题，至少在理论上是这样，并且目前的实验结果也都证实了这一点。"

亚马逊耸了耸肩，这些都很有意思，但似乎跟她没什么特别的关系。

"布鲁伊，"德雷克斯勒医生接着说，"也许你能开着那辆吉普送米兰达和我到大林猪那里去。我们在那儿跟弗雷泽他们两个会合。"

亚马逊和弗雷泽穿过晨雾向马厩走去。弗雷泽帮助亚马逊给乔伊装好马鞍。她几乎已经忘记了和马匹在一起的纯粹快乐：浓重的气味、马儿们高兴时打的响鼻声，以及当它们受到惊吓而突然振奋起来时，你会意识到它们有多么强大。只有这些才能转移亚马逊对父母的惦念。

得益于从早餐桌上抓的几块方糖，乔伊很快就成了亚马逊的好朋友。当亚马逊喂它的时候，它的口水流了亚马逊一手，然后，它又冲亚马逊的耳朵打了一个响鼻。

"它这是说它喜欢你。"弗雷泽看着亚马逊用手帕擦拭耳朵，哈哈大笑道，"给你，你最好戴上这个。"他递给亚马逊一个头盔，"乔伊温柔得就像一只小猫咪，可如果你还不习惯骑马……"

她使劲儿摇着头："那怎么行！我是在美国，在一个牧场——我想要顶那样的帽子！"她指着钉子上挂着的斯泰森帽。

"这儿可不是牧场，而且……"

"给我那顶火红的牛仔帽！"

跟他的英国堂妹争论真是毫无意义，况且这顶特制的斯泰森帽子里面就有一个头盔。弗雷泽可以假装让亚马逊得逞，同时还能赚取她的信任。他把帽子给了她。

"我看上去怎么样？"她说着摆了个姿势。

"像一个地地道道的女牛仔。"

"哦，地地道道算是好词儿吗？"

"我也说不准。现在我们可以上马了吗？我还有只大猪要打呢！"

刚好旁边就有一个协助骑马人跨上马鞍的脚踏，弗雷泽抓住马笼头，帮助亚马逊爬上马鞍，然后帮她调整好马镫。

亚马逊在马背上坐稳之后，才意识到自己以前还从来没骑过这么高大的马，她感觉自己离开地面足有一百米。事实上，只要有点儿高度就能让她的恐高症发作。她从口袋里掏出妈妈的领巾，系在脖子上以求平安。

"你没事吧，逊妮儿？"弗雷泽问道。他已经飞身跃上马鞍，轻松得就像把一件夹克衫抛上马背。

亚马逊使劲儿咽了口唾沫,真想立刻下马,但是她不能让弗雷泽看出她的恐惧。她强挤出一个笑容,故作俏皮地冲着弗雷泽竖起了大拇指。

"好,你跟着我就行了。"弗雷泽一边说,一边骑着欣喜若狂的示巴沿着小道跑了下去。

亚马逊用脚跟戳了戳乔伊,有两三秒钟的时间,乔伊都没什么反应,接着,那匹马回头看了看她,打了一个标志性的响鼻,才跟着示巴跑了下去。

9
女牛仔亚马逊

很快，他们就在平缓起伏的乡村路上策马小跑起来。天空如此澄澈湛蓝，亚马逊很难想象这样的天空会起乌云。乔伊平静温和，非常容易驾驭，亚马逊的恐惧已经像晨雾一样消散了。

"不错啊，逊妮儿。敢不敢快跑？"

"好。呃，不。也许。试一下！"

亚马逊之前只骑马快跑过一次，那是一匹小型表演马，不过她学得很快。乔伊好像知道她在想什么，甚至在她自己完全想好前就知道了。

弗雷泽带她抄近路穿过有斑马和牛羚的那片田野，并让示巴慢下来。亚马逊跟在后面，乔伊刚加速时她还有些担心，但当乔伊渐渐进入到令人兴奋的快跑状态时，她的自信又回来了。那些四散的非洲动物看着奔驰的马匹，牛羚发出如愤怒的大鹅般的吼叫声，斑马则柔和地嘶鸣并不停地踢着蹄子。示巴也冲着动物们嘶叫，弗雷泽要费很大力气才能控制住它。乔伊则平和、放松得好像一块融化了的黄油。

"这是我一生中最最开心的时刻！"亚马逊尖叫着，她的声音像随风飞扬的旗帜一样在她身后飘动。

二十分钟后，他们到达了围场，那里是一片好像倾泻在长岛上的原始沼泽。最远处有一个猪圈，亚马逊让乔伊的脚步慢下来，这时她甚至能听到那些猪心满意足的咕噜声，其中还夹杂着一些低沉的哼哼声和几声刺耳的尖叫。

他们把马牵到环绕围场的围栏边，停了下来。亚马逊摘下帽子，解开领巾擦拭额头上的汗水。

"小猪在那边，"弗雷泽说，"我们必须……"他想说"小心"，可这时正好吹过来一阵狂风，把亚马逊手中的领巾吹跑了。领巾飘过围栏，落在另一边的泥巴地上。

亚马逊绝望地大叫起来——这可是妈妈留给她的珍贵纪念品！她不假思索地从马镫上站起来，抽出一条腿，翻身下马，这些动作都一气呵成。顷刻间，亚马逊已紧随领巾跳过围栏，掉进了围场内的烂泥地里。她四肢张开，向前挣扎着，从散发着刺鼻气味的绿乎乎的泥沼中滑了过去。

弗雷泽拼命地喊叫着"不要——"，可这对亚马逊来说已经太迟了。

10
棘手局面

看着亚马逊跳进围场，弗雷泽先是惊愕、钦佩，接着是恐惧。他的那个"不要——"是当你已经被拳头击中时才喊出来的"闪开"警告，典型的马后炮。可是有两件很关键的事情，他还没来得及告诉亚马逊。

首先，大林猪非常凶猛、卑鄙——也许比不上河马，但也绝不能掉以轻心。

另一件重要的事情是围栏。

亚马逊从泥沼中爬了起来，她衷心希望那只是湿乎乎、发出巨大扑哧声的普通泥沼而已。她挣扎着向她的领巾走去，那领巾已经被吹到了围栏中间。

"那个围栏，逊妮儿，"弗雷泽大声喊道，"别碰围栏！"

亚马逊转过身来看着弗雷泽。

"什么？"

"那是电围栏。你爬不出来。"

"噢。那大门在哪儿？"

弗雷泽指着围场的另一头，那边靠近猪圈。

就在这时，大林猪出现了。它个头儿有她刚骑过的马那么大。在亚马逊看来，这是她见过的最丑的动物之一。它长着一身杂乱稀疏的黑毛，下垂的大肚子下面，松垮的红肚皮一览无余。它那遍布疤痕、坑坑洼洼的脸配着一对长长的獠牙，使它看上去更像是一个神话中的怪兽，而非现实中的生物。

还有那些褐色的獠牙——看似已经腐烂但依然极具杀伤力——好像是为了互相磨砺，使牙尖变得更加锋利而存在的。

亚马逊虽然在与人打交道方面不是很擅长，但她能和所有她见到的动物交朋友。不过，她本能地感觉到眼前这只野兽永远也不会成为她的朋友。

她是对的。

这头野猪正犯牙疼，同时，它还肩负着一项任务：要保护小猪，就是那些围绕在大林猪太太周围不停蠕动的小猪。这两件事在它脑子里搅成一团，所以，当它看到亚马逊时，便认为她必是一个威胁。而且，这会儿在它的大脑深处，有个什么东西告诉它：来一块香喷喷的大血块，肯定对它的牙疼有帮助。

亚马逊又回头去看弗雷泽。

他不见了。亚马逊不知道该怎么办好。

唯一的出路是从那头巨大的野猪身边走过去……

可它正死死盯着她……

它正低沉地咕噜着……

它正使劲儿用鼻子往外喷着气……

它正准备冲刺……

11
弗雷泽的一枪

亚马逊看不到弗雷泽,因为他已经从马上跳下,奔向吉普车了。吉普车刚刚停下来,布鲁伊还坐在方向盘后面。

"没时间解释了!"弗雷泽一边冲着惊愕的澳大利亚人大喊,一边拉开吉普车的后车门。

他用手指摸索着,啪地打开了金属盒子上的开关,拿出闪着冷光的X-雅克。幸好枪膛里已经装了一个飞镖。

当他赶到围栏的时候,那头野猪正要冲刺。他最多只有三秒钟的时间。他的手心在出汗,头上的汗水已经流满全脸,甚至流到眼睛里。

他找到激光准星上的小红点,瞄准了目标。

糟糕!亚马逊挡在了中间。已经没时间挪动地方了。

只有一个机会。

他趴倒在地,透过围栏,利用亚马逊两腿之间的空隙瞄准野猪。准备就绪!他深深吸一口气,让自己稳住,然后瞄准野猪强大肩膀上起伏的肌肉,小心翼翼地稳住手指——既不能抖动也不能拉扯,然后轻轻扣动扳机。

这支麻醉枪是由一小罐压缩二氧化碳气体提供动力的,飞镖从枪管射出时几乎没什么声音,而且,与普通猎枪相比,后坐力也非常小。

嗯，这是一支好枪，弗雷泽想。他的脑子正在以光速运转着——

这一枪会打得非常棒。据说一个伟大的神枪手总会知道子弹何时到达目标，即使闭着眼睛也能感觉出来。现在，所有的那些嘲笑都将会一瞬间烟消云散。他将是英雄，因为他救了亚马逊。他爸爸一定会为他自豪的。

正在遐想之时，他听到了微小但清晰的啪的一声，那是镇静剂飞镖击中肉体的声音。

哎呀！飞镖没有落在大林猪的肩膀上，而是击中了被牛仔裤包裹着的亚马逊的左屁股。

亚马逊感知到这强烈的冲击，转过半个身子朝向弗雷泽，一脸困惑，接着双眼向上一翻，身子一歪，倒在了烂泥中——就在大林猪巨大的蹄子下。

12
任务

"这是我宏伟计划的全部。"弗雷泽咧嘴笑着。

已经是第二天上午了,弗雷泽、布鲁伊、米兰达·科弗代尔一起站在亚马逊的床前。亚马逊的头痛得厉害,臀部也剧烈地疼痛着,可她仍觉得她堂兄的行为实在是好笑。

"你看,"弗雷泽接着说道,"你比大林猪稍微瘦一点点,对吧?"

"啊哟,谢了!你也比脑子坏掉的驴聪明一点点。"

"哦,好吧,机智的回答!你还在生气,我知道。我打中了你的……不管怎么说,我知道镇静剂打在那头大肥猪身上总要等一会儿才能起作用,但打在你身上会立刻生效。如果我打中那头野猪,它还有时间用獠牙把你搞惨。但是,如果我打中你,你会立马倒下一动不动,那头野猪就会知道你对它没有威胁。这就是当时的情况。一旦它知道那些丑八怪小猪崽没有危险,它就会溜达着回它的猪圈。我是个绝对天才!真的。"

亚马逊看了看周围的其他人,说:"哈!那款新混合镇静剂可以立刻撂倒野猪,你是知道的!真有人相信我这个愚蠢的堂兄吗?"

布鲁伊咧嘴笑了:"她说得没错,弗雷泽——再说,你连谷仓都打不中,就更别说谷仓门了。"

"我能打中谷仓门!我练习过。管他呢!不管你们信不信,结果是最好的,不是吗?我把你的屁……平安救出了险境!"

亚马逊突然想起了什么:"我的领巾!"

"那个破东西啊,"弗雷泽一脸天真地说,"我把它送给野猪了,系在它尾巴上还挺可爱的。"

趁亚马逊还没来得及出重拳揍他,弗雷泽赶紧从口袋里掏出领巾。

"给你洗干净了,还熨好了。"他笑着说,"我估计这东西对你来说……很重要,是吧?"

"谢谢!"亚马逊说着,冲着她的堂兄感激地笑了。

就在这时,德雷克斯勒医生来了,他的脸色看上去比平时更加灰白、更加忧心忡忡。亚马逊猜想他可能是在担心她。在伯父哈尔外出期间,医生负责追踪组织的所有事宜,如果出了什么岔子,他得负责任。而亚马逊被枪击中——尽管只是镇静剂飞镖,那也算一个失误。

"今天早上感觉……呃……好些了吗?"

"头很疼。我的屁——呃……不过……不算太糟。"

"好,那太好了。因为有些事情我们可能需要一点点帮助。"

"有任务?"弗雷泽打断了医生的话,兴奋地喊了起来。

"没错。"

"什么任务?"布鲁伊急忙问道,他看上去跟弗雷泽一样兴奋。

"要去一趟滨海边疆区的锡霍特-阿林山脉。"

"什么?"亚马逊一头雾水,"哪里?"她的地理相当不错,可她从来没听说过那个地区和那片山脉。

"在俄罗斯的远东地区，与朝鲜、中国交界的地方，南面是朝鲜，西面是中国，东临日本海。"

"是老虎吧？"弗雷泽问，"肯定是西伯利亚虎，对不对？我绝对有兴趣去救助那些想要……怎么说呢……想要吃掉我的动物。"

亚马逊瞥了一眼弗雷泽，觉得他是在开玩笑，可是他看上去很严肃。

"你可真是个奇怪的孩子。"她一边说一边摇着头。

"这次不是老虎，弗雷泽。"德雷克斯勒医生答道，"是比西伯利亚虎还要濒危的动物——远东豹，世界上最稀有的大型猫科动物。我们一直在给一个放归项目提供资金，希望在远东豹活动的区域北边建立一个放归基地。我们安排在那儿的联络人联系了我们，他是一位美国科学家，参与了当地的环境保护工作。他告诉我，至少有一只远东豹被森林大火阻隔了，但他没有可调配的资源来处理这件事情，所以要我们派遣一个小组去拯救这只动物。"

弗雷泽看上去倒没有太失望："嘿，豹子也非常酷！印度有一只有名的豹子，吃了三百个人。我是在一本书里看到的。"

"你居然读过一本书？"亚马逊笑容可掬地说，"上面有字吗？还是只有图画啊？也许你可以用蜡笔在上面涂颜色？"

可弗雷泽太兴奋了，根本没在意亚马逊的嘲笑。每当即将开始一次探险时，任何讥讽都根本影响不了他的兴致。

"我就不跟你计较了，"他说，"我刚打中了你的屁股。不过，要是再有下次的话，我就让你的另一边屁股也镇静镇静……"

"下次你瞄准她的屁股时，绝对能打中野猪。"布鲁伊哈哈大笑着说。

"我认为我们应该继续讨论豹子的话题。"德雷克斯勒医生说。

亚马逊也希望如此,问道:"只有一只豹子啊?好像要走相当长的路呢……"

"你还没真正理解。"德雷克斯勒医生耐心地继续解释道,"目前全球只剩下三十几只远东豹还生活在野外,你想想吧。而且,他们猜测这是一只母豹,可能还怀着小豹子,一般它们一胎生两只。如果是这样的话,那就是这个世界十分之一的野生远东豹被困在山火之中了。"

"那就是说,我们的任务是飞过去把那些大猫救出来,送到安全的地方去,是吗?"布鲁伊问。

德雷克斯勒医生摘下眼镜,用他那一尘不染的白色手帕擦拭着:"这个啊,基本上,呃,总的来说,就是这样。"

"等一下,"亚马逊说,"您是说想让我也去西伯利亚帮助营救那只豹子?"

"我们的团队,"德雷克斯勒医生继续说道,依然在不停地擦拭着眼镜片,"目前散布的面稍微有些广了。一个小组在莫桑比克,另一个在危地马拉。如果有其他选项的话,我会再做选择的,相信我。呃,你觉得你可以参加这次行动吗?"

没等德雷克斯勒医生把眼镜戴好,亚马逊已经跳下了床。

"她肯定会说可以!"弗雷泽抢着说。

亚马逊突然停住了:"可是我父母……我差点儿忘了……他们有什么消息吗?"

"恐怕还没有。不过亨特先生,我是说,哈尔·亨特,从温哥华打电话来,说他已经有很多线索了。实际上是他建议让你参与这次远东豹救援行动的，他认为这样对你比较好，可以让你停止去想……一些事情。"

"那么都有谁参加这个小组？"布鲁伊问道。

"我刚才说过，现在只有你们三人可以派遣。科弗代尔小姐，你来带领这个小组。你曾经去过那里，应该比较了解情况。"

"也就是说，您不和我们一起去？"米兰达问道。

"不。亨特先生要我和一位骨干成员留在这里。一位名叫鲍里斯·卢纳卡尔斯基的俄罗斯人会在符拉迪沃斯托克（海参崴）迎接你们。"

"真是太——酷——了！"弗雷泽喊着。

亚马逊白了他一眼，但内心也感到难以抑制的激动。

"好，"德雷克斯勒医生说，"马上收拾行装吧——你们今晚出发。"

那天下午，亚马逊问弗雷泽可不可以让她试一下X-雅克。

"我认为这至少算你欠我的。"她说。这个理由让弗雷泽不得不同意。

弗雷泽给亚马逊演示了如何装飞镖，然后在十米开外的围栏上放了几个空罐头盒。

"你必须考虑到风向。而且，飞镖会开始向下……"

没等他说完，亚马逊就扣动了扳机。中间的那个罐头盒被飞镖击中，应声而落。

弗雷泽张大嘴巴盯着她：

"我——我——我——"他惊讶得不知说什么好。

亚马逊没好意思告诉弗雷泽,她其实瞄准的是左手边的那个罐子。这一枪纯属偶然。但是,她有一点明显强过弗雷泽:她真的仔细阅读了那本厚厚的枪支操作手册,因此,她知道现在必须用侧面的那个小转轮来调整准星。

接下来的两枪把另外两个空罐子打了下来。

亚马逊把枪还给弗雷泽,她觉得已经给了她堂兄一击难忘的报复。

13
奔赴西伯利亚

两天后,飞越了近一万千米的亚马逊、弗雷泽和布鲁伊以及米兰达·科弗代尔,一起浑身僵硬地从一架古老的安-2型双翼飞机里爬出来,进入到一块大树丛生、群山环绕的土地,这些山峰都属于锡霍特-阿林山脉。

这趟旅途漫长而艰辛,他们先是坐波音747飞了一夜,从纽约到韩国首尔。亚马逊坐在米兰达旁边,作为远征队里的女生,她期望她们之间能建立起亲密的关系。可是,米兰达从未放下她的戒备,仅仅谈论了这次行动的可行性。

这是米兰达头一次负责一个项目,正如她的一贯做法那样,她十分严肃地负起她的责任。在米兰达详细讲述遗传多样性对豹子种群的重要性时,亚马逊睡着了。

随后,他们又在首尔乘坐一架破旧的俄罗斯图波列夫客机飞往符拉迪沃斯托克。这里曾经是俄罗斯海军重要的军港,现在已经破烂不堪了。

飞机上坐满了嘈杂的俄罗斯乘客,他们不停地传递着食物,还时不时高声呼唤态度恶劣的客舱服务员。

用餐时,他们每个人得到一个橙子和一杯用破塑料杯盛着的红茶。亚马逊拉开座椅靠背上的口袋,想要拿出安全手册来读一读,却发现里面有一个毛乎乎的东西。最初她以为是一只死老鼠,后来才发现那是一个已经长了毛的橙子。

当这架图波列夫客机开始降落时，乘客们都屏住了呼吸。在飞机跌跌撞撞着安全降落在符拉迪沃斯托克机场后，大家一起鼓掌欢呼起来。

一位高大的俄罗斯人在金碧辉煌的新候机楼迎接他们，他那一头乱蓬蓬的黑发和满脸茂密的胡须看上去足可以藏得住一家子远东豹。

他大步向他们走来，用一种仿佛来自地球另一端的轰鸣的声音对他们说："叫我鲍里斯吧，这不是我的真名，但你们美国人喜欢把所有的俄罗斯人都叫成鲍里斯，我说得对吧？没错，我说对了。"

亚马逊和弗雷泽发现，鲍里斯很喜欢自问自答。

"负责人在哪里？"

"在这儿。我是说，我是负责人。"米兰达向前迈出一步答道。

俄罗斯人盯着米兰达看了一下，然后看看其他人，露出一口随机交错的金牙和黑牙，哈哈大笑起来。

"这是美式笑话吧，怎么可能是女士负责呢？这份工作可不是烤蛋糕，也不是去买鞋，而是去抓一只以杀戮为乐趣的危险动物。"

米兰达立刻用流利的俄语回应那个巨人，语调尖厉得足以把一块金属板切成两半——虽然亚马逊永远也搞不明白她到底说了些什么，但这足以使鲍里斯举起双手表示投降。

"好吧，好吧，"鲍里斯说，"那你是头儿。鲍里斯在这儿只是帮忙救助豹子、老虎什么的。不过我觉得美国女士比豹子和老虎还要凶猛。"然后他俯下身去对亚马逊说:"你,美国小女孩,你也学得像老虎一样了吗?"

"我不是美国人。"亚马逊粗声粗气地回答道,"我是英国人。"

"啊,太好了。那你就是我很乖的英国小朋友了。"说着,这位俄罗斯人就像捡起一支铅笔一样把亚马逊拎了起来,"我,鲍里斯,将全方位保护你,因为豹子和老虎最喜欢吃的东西,就是小女孩。还有熊和狼,它们专吃小女孩,除非有其他更好吃的东西,哈哈!"

亚马逊从他毛乎乎的手掌里挣脱出来。

"我不需要保护!谢谢!"

"走着瞧吧。"鲍里斯说,"你们现在都跟我走。"

"我还真有点儿喜欢这家伙。"弗雷泽跟在巨人后面边走边说。

"他的确是个人物。"布鲁伊说。

"伊凡雷帝①也是。"亚马逊说。

弗雷泽哼了一声:"我说,咱们可以叫他坏蛋鲍里斯。"

"打断你们一下,伙计们。"米兰达说,"他可能看起来像个小丑,但是德雷克斯勒医生交代过我,鲍里斯·卢纳卡尔斯基在这里可是个关键人物。他是环保组织和地方政府之间的重要纽带,没有他什么都干不了。现在虽然情况不是很好,可我们别无选择。"

"而且,鲍里斯不是聋子,他英语说得很好!"鲍里斯吼叫着,头都懒得回一下。

---

① 即伊凡四世,俄国历史上的第一位沙皇。他性格残忍、冷酷无情,又被称为"恐怖的伊凡""伊凡大帝"。

14
毛茸茸的飞机

一架安-2型飞机和它的飞行员在机场的一个偏僻角落里等候他们。那架飞机看上去像是从哪个老电影或是航空历史博物馆飞过来的。

"这东西翅膀太多了。"弗雷泽一边说,一边不信任地看着这架双翼飞机,"真不知道你们是不是还能找到更过分的飞机!谁来开这架飞机?红男爵①吗?"

"它是世界历史上最伟大的飞机。"鲍里斯吼叫起来,"于1947年第一次起飞。那是六十多年前了。什么美国飞机能飞这么长时间?呃?我告诉你,没有!绝对没有!哈哈!美国飞机经过这么长时间都从天上掉下来了,就跟我——鲍里斯打下来的鸭子一个样。"

一个摇摇欲坠的梯子把他们带到混乱不堪的机舱内部。为了腾出空间装载货物,舱内的座椅全都被拆除了,乘客只能坐在板条箱之类的箱子上。

"极不规范。"米兰达叹了口气,用手帕擦拭着一个落满灰尘的箱子。

---

① 德国飞行员曼弗雷德·阿尔布雷希特·冯·里希特霍芬男爵,被称为王牌飞行员中的王牌,绰号"红男爵"。他是战斗机联队指挥官,也是第一次世界大战中击落敌机最多的战斗机飞行员,共击落敌机80架。

亚马逊把自己塞进了她的背囊和一个金属笼子之间的地板上。她以为笼子里没东西,直到忽然听到里面发出愤怒的嗞嗞声。

"别把手指伸进笼子里,"鲍里斯说,"除非你觉得九个手指比十个手指要好,哈哈。"

这时,亚马逊的手指碰到了什么毛茸茸的东西,那触感就像温暖的空气一样轻柔,她赶紧把手从笼子附近挪开。笼子里是两只长得像水獭的活物。

"这是什么?"

"是紫貂。"鲍里斯回答,"我们拿去放回山里。没剩多少只了,因为它们的好皮毛可以做成俄罗斯冬天最好的大衣。"

米兰达脸色阴沉地说:"你是说紫貂有最好的大衣?"

"当然。这就是鲍里斯的意思。"俄罗斯人翻了翻黑眼珠回答道,"好了,都系好安全带,哈哈。好了,刚才这句是个玩笑话,事实是:没——有——安——全——带!"

"搞笑的家伙。"亚马逊面无表情地说。

这架安东诺夫①在跑道上缓缓滑动着,然后奋力冲向天空,不过,直到飞出机场时,它的飞行高度也只是刚好越过电线。这架老飞机绝对超载了,除了这队人马和他们的设备之外,还有很多神秘箱子和包裹。飞机随意地飞上飞下,引擎就像一只没吃饱的狗一样不停地抱怨着。机舱里噪声太大,聊天交流几乎是不可能的。但这丝毫影响不了鲍里斯的心情,他一边大口咀嚼着散发着浓烈气味的巨大蒜肠,一边高声吼着俄罗斯歌曲。

---

① 苏联飞机设计师,此处指代由他设计的安–2型飞机。

他分给亚马逊一小块蒜肠。

"不,多谢。"亚马逊努力不让自己呕出来。

接着,鲍里斯把手伸进夹克里面,掏出一瓶伏特加。"我得去跟我的朋友——飞行员打个招呼。开飞机是个渴嗓子的活儿,对吧?"

他费力地爬过拥挤不堪的机舱,消失在驾驶室门的那一边。

那对紫貂吸引了亚马逊的注意力,它们的皮毛呈可爱的天鹅绒般的深棕色,她特别想把脸贴上去。

她找到一小块蒜肠——鲍里斯扔掉的,然后把蒜肠塞进笼子前面的金属网眼里。其中一只紫貂很谨慎地闻了闻,然后一小口一小口地把蒜肠吃掉。好像这东西还蛮对它胃口,它转回来想再来一块。

"对不起,小家伙。"亚马逊说,"没有了。"说完,她还冒险

摸了摸紫貂那身奢华的皮毛。然而，紫貂非但没有咬她的手指，反而凑过来蹭了蹭她的手。

"你对付动物还真是有一套啊！"弗雷泽大声喊着。

亚马逊回头冲弗雷泽笑着耸了耸肩膀。

除了跟紫貂交上朋友，亚马逊在这次危险的飞行中还有一个收获，就是从那个小窗口看到的美妙风景。那景色美丽得让亚马逊忽略了飞机上的不适、鲍里斯的蒜肠的恶臭以及对随时可能到来的死亡的恐惧。连绵起伏的群山覆盖着茂密的森林，一眼望不到边。河流在山峦上穿梭交错，有的宽阔平缓，不急不慢，好似棕色绸带；有的水流湍急，穿越峡谷，翻滚着白色浪涛。

米兰达侧过身来，冲着亚马逊的耳朵大喊道："你现在看到的这个地方是地球上最多彩多姿、最富饶的土地之一。"

"我一直以为西伯利亚就是无边无际的冰原，没有任何生物，除了，呃，除了驯鹿之类的东西。"

"准确地说，这是俄罗斯的远东地区，不是西伯利亚。你说的西伯利亚在更远的东北部。别误会我的意思，这里的冬天也相当严酷：漫长的夜晚，刺骨的寒风，还有漫天的大雪。但这里的夏天相当温暖。这也是仅存的大森林荒野之一。"

这时鲍里斯又出现在了驾驶舱口。

"飞行员说他现在可以降落了。"他高声宣布，"不喝点儿伏特加他就不敢降落，哈哈哈！"

随后，安东诺夫开始了一连串翻肠搅胃的降落动作。亚马逊伸手抓住米兰达的手。米兰达诧异地看了她一下，然后紧紧攥了一下亚马逊的手。

"别紧张，"她说，"别看这些家伙看上去挺浑，但他们其实相当专业，已经飞行好几百次了。"

将近傍晚时分，飞机终于跌跌撞撞地降落在一个坑坑洼洼的机场上。这个机场就坐落在两座山中间的一块狭窄平地上。

15
会合

　　大家正忙着往外搬设备的时候，两辆饱经风霜的俄罗斯吉普车在他们旁边停了下来。一个又高又瘦、眼袋发黑、长着一脸乱蓬蓬胡子的人爬下吉普车，摇摇摆摆、步履蹒跚地向他们走来。他让亚马逊联想到一只悲伤的鸵鸟。

　　另一辆吉普车的司机也下来了，他戴着一副墨镜，身材不高，脑袋像颗子弹头。这会儿，他正斜靠在车头，面部表情生硬而刻板。

　　"真高兴又见到你了，鲍伯。"米兰达一边说一边跟胡须男握手。

　　"是啊，米兰达。"鲍伯回答道，看上去有点儿心不在焉。他的脸拉得很长，显得很憔悴。他伸长了细脖子向飞机那边张望着。

　　"德雷克斯勒医生和其他人还没下飞机吗？"

　　"德雷克斯勒医生没来。"米兰达回答道，"他必须留在追踪基地。而且，恐怕也没'其他人'了。"

　　"你是说就这些人？"

　　"这是我们能派来的所有人了。"

　　"可是，他们都只是……孩子！"

　　"嘿！我二十一岁了！"布鲁伊说道。

　　"那好，行。可那两个……"他冲着亚马逊和弗雷泽挥了挥手,"可真的是孩子。你们知不知道情况有多么严重?或者说有多么危险?那片树林里有六种异常危险的动物:世界上最大的老虎、比任何灰熊都凶猛的棕熊、黑熊、狼、豹子,以及比任何老虎和豹子都凶恶的东西……"

鲍里斯大步走了过来——他虽没有鲍伯高,却显得更魁伟。"我,鲍里斯,能赤手空拳保护这些孩子不被老虎吃掉,哈哈哈!"

"也许你忘记了,鲍里斯,"鲍伯回答,"我们现在的任务是保护老虎和豹子,不是孩子。"

"等等,先生,"弗雷泽说话了,他双手叉腰,岔着腿站在那里,"我不知道您是哪位,但我是哈尔·亨特的儿子,我从七岁开始就参与动物救援行动了。我曾经在中国南海和鲨鱼一起游泳,在巴拿马的火山口上被疾速俯冲的老鹰追击,还在阿拉斯加被熊追得爬上树。这个女孩是我的堂妹亚马逊,她的聪明无人可比,算得上是最坚强的孩子,而且几乎是我见过的最天才的麻醉枪射手。我俩一起来这儿,是因为我爸爸去搜救她爸爸妈妈去了,他们都没办法来这里。但是如果您觉得没有我们您也能搞定一切的话,我们可以马上坐这架飞机回家。不过,话说回来,您又是谁啊?"

这个男人使劲儿盯着弗雷泽和亚马逊看了一会儿,哈哈大笑起来,搞不好这是他好几个月来(也可能是好几年来)第一次开怀大笑。

"对不起,"他说,脸上依然带着笑容,"这个星期太艰难了。而且,我猜你们会支付在这里的账单。那么,只要你们知道自己将要做……"

"我们非常清楚。"米兰达斩钉截铁地说。

"太对了。"布鲁伊插话说道,"我们就是来干这个的。"

"各位队员,"米兰达继续说,"我来介绍一下,这位是鲍伯·杜林斯,他是当今世界上最伟大的远东豹专家,另外,他的脾气并不总是这么暴躁。在他的帮助下,西南滨海边疆区的豹子数量已经稳定下来了,现在他是'将远东豹重新引入锡霍特-阿林山脉地区'项目的主要负责人,没人比他更了解远东豹。那么……现在情况怎么样了,鲍伯?"

"老实说,米兰达,现在情况不那么妙。"杜林斯说,"我们要对付山火,还有偷猎者,天知道还会有什么。但是,我们还是先把设备都装上车吧,等到了营地,我再跟你们说明情况。我们临时住在当地一个叫马克哈的猎人兼捕手的家里,他也是我们的向导。他和他妻子住在一起,还有他们的孙子。我得警告你们,那是一个相当可怕的老太太。"

"猎人?……"亚马逊十分警惕地问,"猎人不是我们的敌人吗?"

"别太紧张,"杜林斯说,"这很复杂……我们出发吧。"

16
放生紫貂

前方的道路十分狭窄，路面已经被轧出了深深的车辙，凹凸不平。道路两旁树木繁茂，树枝像瘦骨嶙峋的手指，不断拍打着吉普车的车窗。弗雷泽和亚马逊坐在吉普车的后座上，布鲁伊坐在了前排，司机是那位戴墨镜的不太吭声的俄罗斯人。

"我是基洛夫。"汽车将要启动时，司机这样自我介绍了一下，然后就默不作声了。

亚马逊看看弗雷泽，弗雷泽也看看亚马逊，两个人都在竭力忍住不笑出声来，可他们用力憋回去的笑声里含着更多的紧张情绪而非欢快。这个男人给人一种捉摸不定的感觉，一种说不清道不明的危险感，跟咋咋呼呼的鲍里斯的感觉完全不同。

布鲁伊扭过身来对他们说："别误会鲍伯·杜林斯——我从其他追踪者那里听说过好多关于他的事情，大家都说他是一个非常了不起的人。问题是他在这儿待太久了，差不多都是他一个人在战斗，可能他的压力太大。好多人都想让我们的豹子死掉，护豹的责任全都落在他一个人肩上。"

"话虽如此，"亚马逊回答道，"但是他也应该给我们一个机会啊。我一直被教育，说不要急着评判别人，除非你看到他做了什么。"

这次轮到布鲁伊和弗雷泽互相对视，强忍着不笑出来。

"你们傻笑什么？"亚马逊说，"好吧好吧，也许我没有完全做到我所说的那些，但我一直在学啊。"

亚马逊希望这段路能像在飞机上看到的那样壮观，可道路两边的树木长得太紧密了，除了跟泥土一样黑的树干和树林深处漆黑的一团之外，她什么都看不到。有一瞬间，她好像看到灌木丛中有一个条纹的家伙，结果证明那只是傍晚最后一道穿过树冠的阳光罢了。

一个小时后，他们前面的那辆吉普车停了下来，鲍里斯提着紫貂笼子从车里出去了。亚马逊也跳下车跟了上去。她想见证这些美丽的小生物恢复自由的一刻。

鲍里斯带着笼子走进森林，亚马逊紧跟着他，这还是她第一次体验真实的荒野。森林出奇安静，这种安静甚至带有一些警惕的色彩，似乎想等他们转身离开后再重新恢复之前的喧哗。

鲍里斯看到她，鼻子哼了一声，好像是说："哦，是你？"然后，他把笼子放下，打开笼门，用俄语轻声细语地对动物们说着什么。

"你在说什么？"亚马逊问。

"我说，快跑吧，再为那些有钱的太太造几只小毛皮大氅。"

亚马逊没理他，挨着笼子蹲了下来。紫貂们谨慎地嗅着四周的空气，然后，倏地一跃，弹射了出去。其中一只轻柔优雅地扭动着身躯，四条短腿飞速跑动，瞬间就消失在蓬乱的灌木丛里。亚马逊凝神屏息。突然，另外一只紫貂中途停下，转过身来，跑回到亚马逊身边，给了她一个大大的惊喜。亚马逊尽情抚摸它那身奢华的皮毛，仿佛触摸着流动的丝绸。然后，紫貂轻轻鸣叫一声，跑去找它的同伴了。

鲍里斯惊讶地看着她："这还是头一回见。"说着转身向吉普车走去。

17
弗雷泽被袭

　　一行人到达目的地时,天几乎全黑了。那是一间修建在空地上的简陋的小木屋,四周被树木包围着,旁边还有几间朽烂程度不一的小屋子。这里可能曾经是一个不小的定居点——甚至是个小村庄,现在却显得寂寞而又荒凉。

　　他们一路开过来的崎岖小路到这里就结束了。

　　"看来这里还真是路的尽头。"弗雷泽说道。

　　基洛夫的喉咙低沉地咕噜了一声,算是回应。光线越来越暗,他终于摘下了墨镜。他的眼睛是蓝灰色的,看上去绝不会把他的内心世界向外流露一丝一毫。

　　弗雷泽爬出吉普车,急不可耐地要舒展他那经历了长途旅行的腿。他的脚刚踏上松软的土地,就听到动物爪子疯狂挠地的声音和呼哧呼哧的喘气声。他抬头一看,只见黑黢黢的树林边,一个黑影正朝他冲过来。

　　那是一个由阴影而生的怪兽,将黑夜吸附在周身,直到黑暗变成它的肉身。弗雷泽觉得自己看到了闪烁的眼睛,以及怪兽狰狞的嘴唇上泛着的唾液白沫。顷刻间,他意识到一头老虎或是一只狗熊正要结束他作为一名追踪者的生涯——而他才刚开始享受这项事业呢!

　　好吧,他只能应战。已经没时间去拿X-雅克了,甚至连掏出口袋里的小刀的时间都没有。他只好握紧拳头,就好像是去加入学校里的课间斗殴一样。尽管弗雷泽不乏勇气,但他依然无法抵抗身体发出的退缩指令,同时还不由自主地闭上了眼睛。

"趴下,鲍里斯,你这个笨蛋畜生。"

弗雷泽睁开双眼,看到鲍里斯紧紧抓住一只巨大的黑狗脖子上的尖刺项圈。这怪物尽管个头儿巨大,此刻也只能在这个高大的俄罗斯人脚下不停扭动着。弗雷泽分辨不出这种扭动是出于恐惧,还是出于人们经常能看到的那种狗与主人久别重逢后的狂喜。

"这是鲍里斯狗,鲍里斯。"俄罗斯人吼叫着,"它是俄罗斯最好的猎犬,说不定也是全世界最好的。"

弗雷泽向前打了个趔趄,庆幸自己刚才没有尖叫出来。没人看出他的惊恐吧?他尤其希望亚马逊没看出来……

"是，我知道那是只狗。"他嘟嘟哝哝、自言自语道，"谁都能看出来那不过是只狗。好小子！"他说着伸出手去触摸那只怪物，狗冲着他龇牙低吼，他又赶紧把手缩了回来。

"等等。"亚马逊从吉普车那边绕了过来，"你的狗叫鲍里斯？鲍里斯？"

鲍里斯看上去有些困惑，"什么？不，它不叫鲍里斯－鲍里斯。让狗叫鲍里斯－鲍里斯也太蠢了。傻瓜才会叫狗鲍里斯－鲍里斯。你们在美国就是这么给狗起名字的？"

"不。我不是美国人。我是想说……我只是想说，你的狗也叫鲍里斯，跟你自己的名字一样，太奇怪了。"

"你忘了？鲍里斯不是我的真名。不过我知道这会搞糊涂美国人的小脑袋，你们的脑袋已经被快餐和电脑游戏搞烂糊了。"

"那么，我们怎么才能区分？"亚马逊固执地继续问道，"也就是说，如果有一个人说，'鲍里斯必须要出去走走了'，我们怎么才能知道他说的是'人要去散步'还是'得去遛狗'呢？"

鲍里斯表情严肃地看着亚马逊，这让亚马逊忍不住要笑出来了。

"这是个好问题。好吧，如果我们只说'鲍里斯'，那你们就知道这是在说鲍里斯——我，俄罗斯男人；如果要说狗，那我们就说'鲍里斯狗'。清楚不是[①]？"

"清楚是[②]。"弗雷泽说。他受惊的心情已经平复，正好能抓住这个机会模仿一下鲍里斯滑稽的语气——他已经练习好久了。亚马逊哈哈笑个不停，笑声穿过平静的夜空。

---

①② 原文"Is clear"用来描述鲍里斯英文语法欠佳，故此处用错误汉语表达。

18
马克哈的房子

这个小木屋是用粗糙的松树原木搭建的。内部只是一个简单的大房间，房间的一头有个大铁锅，另一头有个高出来的平台，可以借助梯子爬上去。

炉子旁边有一个老年妇女在弯腰忙碌。她穿着一件用某种皮革做的罩裙，裙上闪烁着鱼鳞似的光泽。她那饱经风霜的面孔带有显著的东方特征。

老妇人转过身来，透过一对深藏在皱纹里的黑色小眼睛，犀利地注视着新来的几个人。她用手打了个奇怪的手势，好像在表示某种祝福或诅咒，同时低声喃喃自语着。亚马逊听出来她说的不是俄语，顿时毛骨悚然、汗毛倒竖。接着，老妇人咕噜了一声，转身回到那个巨大的铁锅旁，继续拿起船桨般的木勺子搅拌起来。

亚马逊和弗雷泽对视了一下，"我突然觉得咱们是在一个童话故事里。"她轻声说道。

"嗯，"弗雷泽表示赞同，"巫婆吃掉小孩子的那种恐怖童话。一定要记住从笼子的栏杆中伸出一根棍子，这样她就会觉得还需要把你养胖一点儿。①"

"没错，小子。"鲍里斯低沉的声音插了进来——他听到了两

---

① 出自格林童话《汉赛尔与格兰特》。巫婆把汉赛尔关起来以后，决定养胖之后再食用。她每天都去笼子外边，让汉赛尔伸出一根手指来，摸摸看是不是可以吃了。

人的对话,"丑老太婆肯定是巫婆——在俄罗斯就是芭芭雅嘎。住在这里的人是残暴的野蛮人。我们叫他们鱼皮鞑子,因为他们穿鱼皮做的衣服。这些人对着树、天空、石头、火祷告,也对着随便什么破烂东西或者想象出来的东西祷告,甚至对着老虎祷告,啊哈!他们应该走开,把树林留给鲍里斯这样的文明人。"

"我可不喜欢你这种说法,卢纳卡尔斯基。"刚刚进屋的鲍伯·杜林斯说道,"这些乌德盖人已经在这片森林住了好几个世纪了,比俄罗斯人和中国人都早。他们比你更有权利住在这里。"

鲍里斯耸耸肩膀走开了,还不屑地摆摆手:"没必要跟扬基[①]谈论俄罗斯的森林。不聊了。"

杜林斯转过身来对亚马逊和弗雷泽说:"他也只是这会儿敢这么说,因为那老妇人的丈夫和孙子都不在这里。他们正在这个地区开展侦察,检查有没有非法陷阱。"

"他们是什么人?"弗雷泽问,"你叫他们什么?无-达-给?"

"这家人属于乌德盖人,他们与其他几个土著部落,比如赫哲人、乌尔奇人有关系。"

"他们很像中国人……"

"他们最初是从中国北方过来的,那是好几百年前的事了。现在整个部落只剩下不到两千人了,而且其中只有很少一部分人还继续说乌德盖语,按照传统方式生活。"

"可他们是猎人,"亚马逊说,"这不是好事。他们杀老虎和豹子吧?"

---

① 泛指美国人。

"不杀。那个糊涂蛋卢纳卡尔斯基有一件事说对了——乌德盖人特别敬畏老虎,他们只有生命受到威胁时才可能出于自卫而伤害一只老虎。不过,他们的确是世界上最好的猎手和追踪者,主要猎捕鹿和野猪——这也是老虎和豹子的猎物。但他们从来不会猎取超出他们生存所需的生命,而且,他们敬重这片土地的灵魂和狩猎对象的灵魂。乌德盖人或者其他当地土著人群并不是真正的威胁,真正的威胁来自于那些为做药材而去杀害动物的猎人和那些毁灭森林的伐木人。"

一直在忙着搬运吉普车上大大小小包裹的布鲁伊打断了他的话。他环视了一下小木屋,"有点儿粗糙对付事儿哈,伙计们。"他接着说,"不过等我们在森林里待上几天,估计就会觉得这儿是天堂了。"

19
救援计划

布鲁伊一到,鲍伯·杜林斯便大声清了清嗓子说道:"请大家都注意,我们真的不能再浪费时间了。"

杜林斯把一张大地图钉在小木屋的墙上,他站在地图前面,亚马逊、弗雷泽、米兰达、布鲁伊、基洛夫和鲍里斯全都围聚成一圈。

"情况是这样的,"杜林斯继续说,"在锡霍特-阿林山脉的西侧,大部分河流要么排入此处的兴凯湖①盆地,要么向北流向阿穆尔河②。"

他用一根木头棍儿先是指向标注为兴凯湖的一大片蓝色,然后又指着阿穆尔河那条长长的蓝色线条——它沿着俄罗斯蜿蜒曲折几千千米一直流进日本海。

"阿穆尔河的重要支流之一——乌苏里江发源于这片群山。乌苏里江本身也是一条相当重要的水路,有很多支流。"他又指着地图说,"在这里,乌苏里江与霍尔河汇合,我们可以看到这两条河渐渐汇到一起,形成了这块漏斗形的土地,极像一个细长的岛屿……"

---

① 黑龙江流域最大的湖泊,位于黑龙江省东南部和俄罗斯远东滨海边区,为中俄界湖。

② 中国境内称黑龙江,指亚洲东北部流经蒙古、中国、俄罗斯的河流。

"但这并不是一个真正的岛屿。"弗雷泽说,"顶端没有水。所以那些东西——我是说动物,可以从那儿走出来。"

他起身指着地图上标注为森林的开阔区域。

"你说对了,孩子。"杜林斯说,"正常情况下,动物——还有人——可以穿过这个缺口进出这片土地,可现在这个缺口被堵住了,所有生物都被困在两条河中间了。"

"是因为这场大火?"亚马逊说。

"没错,年轻的女士,就是大火。"杜林斯看着基洛夫说,"维克多,也许你能来解释一下这一部分。"

安静的基洛夫站起身来接过杜林斯手里的木棍。他说话声音很轻,英文非常标准,这令亚马逊和弗雷泽感到意外。

"森林大火已经被引发了,现在已从这里烧到了这里,把所有生物都围困在了两条河之间,就像一个瓶塞子。大火从山上蔓延下来,把所有的动物都赶到了山脚下,而且很快就会蔓延到两河交汇的尽头。"

亚马逊立刻意识到了情况的紧急程度:"动物们应该能游到河对岸,难道它们不能?……"

鲍里斯放声一笑:"哈,小小的英格兰女孩儿还以为这是条小小的英格兰河,或是随便什么小溪流、泉水响叮咚的小河沟呢!哈哈!乌苏里江和霍尔河可是正经八百的俄罗斯河,那可是水流湍急、涛声震耳、白沫滔天……'在乌苏里江里游泳,接着你会死得像一只睡鼠',英语是这么说的吧?是吧?"

"实际上,"杜林斯又把话接了过去,"有些动物也许可以游到河那边去,老虎是游泳健将,有些大型的鹿也能做到……"

"那豹子呢?"弗雷泽问道。

"豹子?不,不太行。而且,你们可能已经听说了,我们有理由相信我们正在找寻的那头豹子还带着两头小豹子,所以游过河不大能成为一个选项。这也是请你们来这里的原因——帮助我们追踪、麻醉、保护这些豹子。作为追踪小组的领队,你有什么需要补充的吗?科弗代尔?"

"只有一个问题。基洛夫说大火已经被引发了,他的意思是说这场大火是有人蓄意为之?"

杜林斯停下来,思考了片刻,说:"山火一般发生在更南端,而不是这里。夏天南部树木更加干燥。因此我们认为大火是人为点燃的。"

"谁干的?"米兰达接着问。

基洛夫回答道:"可能是猎人们。他们利用山火把动物逼到越来越小的区域里。这些人把动物的骨头和毛皮卖到其他国家做药材,还会把熊杀了,取出熊胆来做药材。"

"豹子呢?"

"杀豹子是为了取它们的骨头和毛皮。从一只豹子身上能赚到的钱,相当于一个农民干一年农活的收入。"

"那你确定这些猎人现在都在这块土地上吗?"米兰达问道。

基洛夫耸了耸肩:"马克哈和他孙子正在找呢。只要马克哈在那里,肯定能找到。"

"谢谢,维克多。"杜林斯说,"另外,还有一种可能,那就是——由于实施豹子重新放养计划,这片土地全部被保护起来了,如果豹子数目减少,当地政府就可以把土地卖掉,以换取其他利益。我说得没错吧，鲍里斯？"

鲍里斯做了一个鲍里斯式的耸肩，跟做其他事情一样，他的耸肩动静也非常大。"当然了。政府很腐败，它们会卖掉一切，以让权贵阶层变得更富裕。这就是条路子。"

"大家都看到了，"杜林斯继续说，"我们已经不能再浪费时间了，明天一大早就得开始行动。我会去协调灭火工作。现场的灭火人员不是专业消防员，是内政部门分配给我们的俄罗斯军队，这些人相当不守纪律。剩下的人分成三个小分队去寻找豹子。虽说这应该由你来决定，米兰达，但我还是建议让这两个年轻人跟乌德盖人一起行动——他们比其他任何人都更了解这片森林，会保护他们的安全。我想，你们应该带着镇静剂枪的吧？"

"当然了！"弗雷泽说着拍了拍一个铝制匣子，"我随身带着我的X-雅克。"

布鲁伊嘲笑着说："我要是亚马逊的后背，会感到恐怖，非常恐怖。"

"哈哈，"弗雷泽回答，"我都说过了，这只是我宏伟计划的一部分。再说，我似乎也没必要再射亚马逊的屁股了。"

杜林斯没有理会他们开的玩笑。"那头母豹子，"他说，"带着无线电项圈，你们可以用无线电接收器来追踪它。你们带的无线电接收器够用吧？"

"当然够。"布鲁伊说，"三台呢！"

"好，那么，"杜林斯说，"如果没别的问题了，我们去睡觉吧。"

20
我宁可遇上老虎

"在哪儿睡?"弗雷泽一边问一边环视四周,想在这个小屋里找到一个睡觉的地方。

"上面那个平台。"杜林斯说,"这里怕是没有什么私人空间了。"

"嗯……这倒提醒我了,"亚马逊略带羞怯地问道,"100号房间①在哪儿?"

"什么是100号房间?"鲍里斯不解,他猜那肯定是他最不想要的什么东西。

"那个……那个,呃,给小女孩用的房间……"

鲍里斯耸耸肩,一脸迷惑。

"她是说那个,啊……"布鲁伊试图解释,但也卡壳了。

基洛夫用俄语说了什么,于是,鲍里斯爆发出他那特有的惊雷般的笑声。

"啊,鲍里斯明白。"

他消失在门外,不一会儿,拿了个东西回来。

"给你把铲子。外面就是树林。"

"不许开玩笑!"亚马逊气急败坏地说。

---

① 指厕所。原文是loo,英式英语。有称英国大楼里100号房间通常是厕所,而loo和100看起来非常相似,因此英语里用loo来指代厕所。

"什么？俄罗斯的树林还配不上英格兰的小女孩吗？"

"要是熊和老虎……"

"英国女孩安全——它们不会看的。俄罗斯动物很有礼貌。哈哈哈，开个玩笑而已！如果熊来，女孩喊救命。如果老虎来，那就不用喊，怎样都太晚了。"

"你愿不愿意让我陪你去，呃……做护卫？"弗雷泽说。

"不用！"亚马逊厉声回答，"我宁可遇上老虎！"

"好了，卢纳卡尔斯基，够了！"杜林斯开口了，就连他也忍不住要笑出来了，"亚马逊，院子里有一个小棚屋，里面有化学马桶。我带你去。"

亚马逊脸涨得通红，她最讨厌被人耍弄。

"不用，谢谢。我自己去找。没什么难的。"

"好。拿上这个。"杜林斯说着扔给她一个手电筒。

"还要看着点儿老虎啊，哈哈……"鲍里斯的声音像大炮似的。

21
恐怖的夜晚

亚马逊一脚踏进了无边的黑夜。院子里全然没有了小木屋里的烟尘和噪声，天空没有月亮，云彩遮蔽了星星，四周漆黑一片。亚马逊从未见过如此黑的夜，当身后小木屋的门"咣当"一声关上后，她就真真切切体验到了伸手不见五指的黑暗。

她打开手电，灯光照射在密如围墙般的树木上。中间的空地里，有几个零落的小木屋和棚屋。强大的光束打在紧围着空地的树干上，却无法穿透树干后边那无可逾越的黑暗。她打了个冷战，急忙向最近的一个小棚屋跑去，希望那就是有卫生间的屋子。她用力打开门，一个活物吱吱叫着从她脚上跑了过去。亚马逊从来不是那种害怕老鼠、蟑螂的女孩，可这会儿还是惊得尖叫了起来。

那边，小木屋的门开了。

"逊妮儿，没事吧？"弗雷泽的身影出现了。

亚马逊意识到，他肯定一直在那里等着、听着，确认她的安全。

"当然没事！"亚马逊断然回答。

"那就好。如果你需要……呃……陪伴，就大声喊啊。"

亚马逊定了定神："好的，谢谢。我喜欢有人陪我上厕所。"

接着，她又觉得自己有些过分了。说到底，弗雷泽只是想帮助她。于是她又加上一句："我没事，只是遇到了啮齿动物。"

"那是树林送给你的，"弗雷泽耸耸肩说，转身走进屋，"有事就喊啊，知道吧？不管啥事！"

事实证明，亚马逊还是开错了门。这个小棚屋只是用来存放木材，里面堆满了木头。她拿手电扫了一圈院子，然后向另一个小屋走去。她小心翼翼地打开门，上下摸索着电灯开关，然后立刻又意识到自己有多蠢——那儿不可能有电灯。

手电光照亮了这个恶心的地方：厚厚的蜘蛛网，湿漉漉的空气里弥漫着一股刺鼻的气味。亚马逊真希望她从来没来过这种地方，然而，至少她找对地儿了：这个可怕的地方有个令人作呕的化学马桶——一个带着薄坐垫的塑料桶。

而且，地上还有一个巨大的物体，毛发直立、气势汹汹。

这次亚马逊忍住了，没有叫出声来。

"我才不怕你呢，鲍里斯狗，鲍里斯的狗。"她说，"你就是一个傻大个儿、胆小鬼！"

鲍里斯狗看着亚马逊。她说对了，它不是一只很聪明的狗，也不怎么勇敢。当它冲着人类狂吠时，它更喜欢看到人类脸上惊恐的表情。它该不该冲这个小女孩叫几声呢？应该挺有趣的。可它也非常希望有人能在它的耳朵后面挠一挠。它的主人——那个浑身毛乎乎的巨人，平时不怎么这样对它。于是它站起身来，把脸贴到亚马逊的手边。

亚马逊喜欢所有的动物，当然也包括眼前这个巨大的、傻乎乎、臭烘烘（鲍里斯狗至少要对厕所里部分臭味负责）的家伙。于是她说："好吧，傻瓜。"然后挠了挠它的耳背后，满足了它的要求。

鲍里斯狗发出一阵带着湿气的声响,紧接着,一串热乎乎的口水流到了亚马逊手上。"哎哟,"她说,"太谢谢啦。现在出去吧,给女孩子一点儿私人空间。"

她打开厕所门,把鲍里斯狗放了出去,然后又拿手电重新照了一遍厕所内部。甲虫迅速躲开光束,蛾子却扑了过来,令她毛骨悚然。一个像床单那么大的蜘蛛网,从低矮的屋顶一直铺到单薄的墙壁。屋里没有窗户,但是用松散的木板搭的墙壁有很多宽缝隙,她透过缝隙向外看了看,然后又拿手电朝缝隙照出去,黑暗中出现一道比手指还细的光线。

外面什么都没有。

可是,转身离开的时候,她忽然觉得有什么东西在动——在树林和空地交界的地方。她迅速折回屋内,硬着头皮想看个仔细。

难道是那只愚蠢的狗吗?不是,因为那只狗也突然跑回来了,就站在离她一米远的院子里。它也正盯着那个方向看——亚马逊看到的那个东西,它也看到了。而且,现在狗一边发出呜呜的声音,一边向后退缩。

这可不是什么好征兆。

亚马逊全神贯注地凝视着黑暗中的身影,精神过于集中,以至于眼睛都疼了。可无论她怎么努力,还是看不出任何东西。这时,狗的头转过来了。

它敏锐的感官一定已经探测到了什么。

藏匿在树林里的那个东西正在一点点靠近,那只狗显然已经被吓破了胆。

亚马逊把门打开一条窄窄的缝,"鲍里斯,进来。"她小声地招呼。那只狗不失时机地挤了进来，紧紧靠在她的身边，吓得浑身发抖。

"哎呀，我想起来了。"亚马逊自言自语道，"老虎和豹子都喜欢吃狗。"

接着她打消了这个念头。老虎和豹子都不会这么靠近人类的住所吧？看起来更像是鹿或者林子里的其他什么动物吓到了这只狗，她早就知道这只狗有多么胆小。甚至或许是先前那两只漂亮的紫貂跑回来跟她打招呼？

森林又恢复了她之前就觉察到的那种寂静的警惕，不仅如此，现在又多了某种掺杂了厚重的、触摸得到的、令人恐惧的东西。

幸好救援近在咫尺。她虽然讨厌自己变得女性化，但她也不是个傻瓜。

她把门打开一道小缝，大声喊了起来。

"伙计们，救命啊！弗雷泽、杜林斯先生……这儿有危险情况！"

但是一点儿用都没有，木屋那边只传来鲍里斯声嘶力竭的歌声。

她目测了一下从脚下到木屋的距离，大概不到十五米。她又透过棚屋的缝隙，把手电光照进黑暗。

那边反射回来的，是两个确定无疑的亮点。

眼睛。

在英国老家，亚马逊经常会在夜晚看到狐狸或者猫的眼睛里反射出这种诡异的光。即便是那时候，即便她知道没有危险，她也还是会有一股小小的恐惧感。

可现在完全不同，那不是狐狸。危险是确确实实存在的。

那两只眼睛间距很宽，尽管隔着棚屋的墙壁，亚马逊也知道它们正紧紧盯着她看。她感受到了那双眼睛后面的力量和智慧。有生以来第一次，她遇到了一个要把她当晚餐的生物。

就在这时，那双眼睛忽闪了一下。

鲍里斯狗跟亚马逊贴得更紧了，把头藏进了亚马逊套头衫的褶皱里。

"你这个笨蛋胆小鬼。"亚马逊骂着。可她自己也渴望身边有一个比她更强大、更勇敢的人，她可以把脸藏进那个人的套头衫里。

她听到——也可能是她以为自己听到了——树枝折断的声音。老虎——如果那是老虎的话——现在正径直向这边走过来了。树林离这里三米左右，是一只大猫轻松一跃的距离。这个脆弱的小棚屋抵挡得住一个强大的杀手吗？

亚马逊可不是那种畏畏缩缩、听天由命的女孩子。

"我不知道你是怎么想的，鲍里斯狗，反正我是不想死在一个臭烘烘的户外茅房里。咱们要跑出去，懂吗？"

仅仅是跟狗说了说话，也让亚马逊冷静了一些。

鲍里斯狗张大眼睛，傻乎乎地看着她。

"你不知道该啃骨头的哪一头，是吗？"她叹了口气说，"算了，你就跟着我跑吧。"

亚马逊全身紧绷，踢开门冲了出去。她跑得很快。她曾经在学校的运动会上轻松拿下年级百米跑冠军。两三秒钟后，她离安全区只剩下一半路程。鲍里斯狗在起跑的时候慢了一些，但它的

小脑子总算处理完了信息,迅速跟在亚马逊身后飞奔起来。

中途,亚马逊忽然觉得自己有点儿愚蠢,毕竟黑暗太容易让人想入非非了,说不定那两只大猫眼的银色光芒也是她想象出来的。

就在这时,她感觉到了。

但如果"感觉"的意思是看到了、听到了或是闻到了,那么她甚至都不能说是"感觉"到了。因为,她知道它就在那儿,而且正在靠近。

她加大了步幅,希望双腿能跑得更快一点儿。可就在这时,她被一段树根绊倒了,一下子摔了个嘴啃泥。

22
弗雷泽对决老虎

弗雷泽带着隐隐不安的心情目送亚马逊走出了木屋。他认为鲍伯和米兰达不应该让亚马逊就这么单独出去，即便是拿着手电。杜林斯已经对森林里致命动物的种类做过统计——一共几种？六种？还是十种？不对，不是十种。反正也够多的了。

这更强化了他的某种预感：这次行动有什么不对头的地方。他以前都是跟更多的追踪者一起行动。布鲁伊当然很棒，但他不是那么有经验。米兰达办事效率极高，但这是她第一次担任小分队领导。她脸上的表情显示出她已经察觉到了什么糟糕的事情——可她很快将那些糟糕事归咎于弗雷泽了。

而鲍伯·杜林斯此时看上去已经精疲力竭、山穷水尽了——弗雷泽还从没见过比他更疲惫的人。

他们三个人正在研究墙上的地图。

接着是那两个俄罗斯人。鲍里斯愚蠢的样子有点儿可笑，但弗雷泽知道有时候聪明人会装傻，如果这能让他们达成目的。

鲍里斯会不会就是一个故意装傻的人呢？

也许他是真傻？

无论他是真傻还是装傻，都让人有点儿不安。

要是鲍里斯是个谜团的话，那么另一个俄罗斯人——基洛夫就更神秘了。他彬彬有礼，可弗雷泽总觉得那后面隐藏着什么。

而且，弗雷泽还注意到他走路的姿势气宇非凡，像是一个训练有素的运动员。

或者是，士兵。

那个老女巫是他最不愿意想起的人。他试着对着她微笑，她也还给了他一个微笑——或者说可能是微笑。不过也不好说，因为她没有牙，所以她的脸看上去像是自带了一种青蛙式的"笑容"。

一只饥饿的青蛙……

她舔了舔嘴唇，指了指那锅黑乎乎的炖肉。她在说什么？那锅炖肉很好吃？还是他马上就要被扔进去了，她会非常高兴地吃掉他？

这时候，鲍里斯开始唱起歌来。可能因为没人理他，他不高兴了。

"卡林卡，卡林卡……"他唱着，声音就像一个乡巴佬在吹一支坏了的风笛。

就在这时，弗雷泽好像听到了什么其他的声音——从木屋外面传来的声音。一声呼喊？也可能只是一声鸟叫？

"喂！"他冲着那几个挤在地图前面的人说，"你们有没有听到……"

"安静点儿，弗雷泽，"米兰达头也不回地说道，"没看见我们正在计划明天的路线吗？我们可不想迷路。"

"可是……"

"五分钟以后再跟我说。"

弗雷泽决定自己出去看看——至少能让他逃离这间疯狂的小

屋。最后一刻,他抓过装着X-雅克的盒子,啪地打开盖子,一脸骄傲地装上一支箭头。

他打开门,一脚踏进黑夜。一团黑乎乎的身影从他身边冲过去,差点儿把他撞倒在地。

"什么东……"

是那只狗。

那只鲍里斯大笨狗。

它冲木屋一路狂奔,嘭地冲进半开的大门。

与此同时,弗雷泽使劲儿往黑暗里瞅,看到了院子里发生的事情——亚马逊正缓缓地从地上爬起,眼睛死死地盯着身后。弗雷泽顺着她的视线看过去,看到了幽暗里闪着荧光的——这简直就是梦中的情景——一只老虎。

这不可能!

但千真万确!

太不可思议了,他一时不知道该怎么办了。弗雷泽之前也遇到过一些诡异的情况,但像今天这种场面还是第一次见。无论如何,他必须做点儿什么。

而且就是用手中的X-雅克。

他小心翼翼地把这支麻醉枪放到肩上。太奇怪了,这完全就是大林猪事件的重演。他脑子里闪过一个念头,要是他又射中了亚马逊,这次可救不了她了——这只老虎不是在保护小老虎,而是在追踪猎物。

话说回来,上次他瞄准了野兽,却击中了亚马逊的屁股。这次他瞄准亚马逊的屁股,是不是就能击中老虎呢?

上次是不是因为他没有设置好准星呢？或许他根本就不用在乎那个高科技准星，只需凭直觉，就像《星球大战》里的卢克·天行者那样。

对，就是这样。他需要完全像绝地武士那样，他需要"原力"，他应该倾听自己内心的声音——它会告诉他应该如何做。他闭上了眼睛，然后……

"住手！"

他睁开眼睛，看到身边站着一个十来岁的男孩。男孩应该比弗雷泽和亚马逊大，但个头儿比他们都矮。他穿着牛仔裤和运动衫，跟那个老妇人一样，长得像东方人。弗雷泽估计他就是老妇人的孙子。

"我爷爷会搞定它。我向你保证。"他说。他的英语很正式，口音有点儿奇怪，像是美国味儿里掺杂着俄罗斯以及其他一些异国特色。

然后，在弗雷泽看来简直就是魔术——一个身影从天而降，横在亚马逊和老虎之间。

23
老猎人

"安巴！安巴！"

这是亚马逊唯一能听清楚的词，接下来的那些话，有些很大声，像是苛责和训斥；有些又非常温柔，甚至像是请求。

亚马逊还蜷缩着趴在地上，她闻声抬起头，看到了一幅极为奇特的景象：一个矮小的身影站在她和树木之间，面对着森林。那人张开双臂，一只手还拿着一根粗重的分杈的树枝。

那人正在对着一个家伙说话，他矮壮的身材挡住了亚马逊的视线，所以她看不到那家伙是啥。

但是她听到了，一阵低沉轰鸣的咆哮声突然爆发成刺耳的嗥叫。

那个矮个子男人依然在跟那只老虎——肯定就是老虎——说话，而且，他一边说话一边缓缓向前移动。这时，亚马逊终于看清了那个家伙。

它威武华丽，令人畏惧。确实，当月亮瞬间冲破厚厚的云层现身夜空时，它真的"火焰似的烧红、在深夜的莽丛"[①]。

亚马逊能够感觉到它四肢散发出的巨大能量，它的大嘴强劲有力，它的眼睛映射出狡黠的猎人的智慧。

---

① 此处借用了徐志摩所译威廉·布莱克诗作《虎》中的句子。——译者注

然而，它凝聚了全身的力量，面朝小个子男人，一步一步稳健地向后退去。亚马逊感觉到这个动物并非因为怯懦而后退，而是一副很窝火的样子，就像明知故犯做了件错事被人逮了个正着。

这时，亚马逊觉察到男人的语调——他是在训斥老虎——那样子就像是在责怪一个淘气的孩子，同时又鼓励他努力做个好孩子。

真是奇妙又怪诞。可是，就在老虎快要退到空地边缘的矮树丛时，混乱发生了。木屋门被撞开，灯光和噪声瞬间充斥了院子，紧接着砰的一声巨响，好像是一颗炸弹在亚马逊头顶爆炸了。老虎发出一阵声嘶力竭的吼叫——这次不是威胁的吼叫，而是因为疼痛而发出的吼叫。老虎像团火焰一样，穿过密匝匝的树墙倏地一下子就不见了。

24
弗雷泽虚张声势

那个小个子男人转过身来,亚马逊看到他一脸杀气。她感觉到的这股气几乎是一种物理力量,像被什么人猛拍了一下。

接着,她就被噪声、喧闹声和关切的声音包围了。

"逊妮儿,没事吧?"弗雷泽一边问着,一边扶她站起来,"我正要用X-雅克射老虎,可这小子出现了……"他指着那个长得像东方人的陌生男孩。

"怎么回事?出什么事了?"米兰达问。

"没什么事,"鲍里斯大摇大摆地穿过人群,手里还拿着一支来复枪,"老虎要袭击女孩,鲍里斯救了女孩一命。不用谢,这是鲍里斯的工作。"

"你没有权利开枪射击老虎。"杜林斯愤怒地说。

鲍里斯往地上吐了口唾沫:"呃?什么更重要?老虎的生命还是英国女孩的生命?只有你这样的疯子才会觉得,动物比人还重要。话说回来,要是鲍里斯真想打老虎,老虎肯定早死了。鲍里斯只是吓唬吓唬它。"

"喂!我没有生命危险。还有,我已经告诉过你了,我不是……"

亚马逊还没来得及说完,那个小个子男人,真正救了亚马逊的人——至少亚马逊是这么认为的——不再沉默了。他怒发冲冠,径直冲那个巨大的俄罗斯人的胸膛撞了过去。尽管他很老了，跟木屋里的那个老妇人一样老，而鲍里斯人高马大、力大无比，但还是被撞得四脚朝天。

伴随着那一撞的，还有一连串严厉的词句，亚马逊只听出来里边有一句"安巴"。

此时，鲍里斯的脸因为愤怒和羞辱而皱成一团，来复枪还在他手上。他端起枪，对准了站在他面前的这个老人。老人嘲讽地哈哈大笑起来，嘴上又接着说着什么。

鲍里斯把手指搭在扳机上。

亚马逊无比震惊。

一切都来得太突然了！上一刻她还在紧张地从那个看不见的"捕手"手心逃命，这一刻她的救命恩人就要被射杀了。

她大声喊道："不要！"

那个"东方少年"正要冲向鲍里斯保护他的祖父；基洛夫半蹲着，一副随时都会跳出去行动的阵势——但他到底是要攻击鲍里斯还是保护鲍里斯，亚马逊无从得知。

然而，弗雷泽制止了这一切。

"把枪放下！"他边说边向前走去，用X-雅克瞄准了鲍里斯。

这个俄罗斯人看了一眼麻醉枪，哼了一声说："嚆，一支玩具枪。鲍里斯才不会被吓到。"

事实上，鲍里斯还真无须害怕，弗雷泽只是虚张声势而已，保险栓早被牢牢地拉上了。即便不是这样，这个孩子也早就被他爸爸训练得非常有素，绝不会故意向人开枪。然而，一旦做出了这个声势，弗雷泽就只能硬着头皮继续演下去了。他调动了自身全部的表演才能："你想让我朝你的眼睛射上一箭吗，鲍里斯？实际上我猜我的枪可能还更聪明一点，因为它很有可能会直接打爆你的眼球，里面的液体流得你满脸都是。不过，嘿，"他学着鲍里斯的口吻来了一句，"谁还需要两只眼睛啊？"

"你做了错误的决定，小子。"鲍里斯吼叫着。这让弗雷泽找到了新的酷感，与此同时，鲍里斯的气势和粗鲁的幽默感也慢慢消失，他内心冰冷、坚硬的部分一点点暴露出来。

三方陷入了僵局：老人依然怒气冲天，怒视着鲍里斯；鲍里斯龇着胡须，冷漠地面对着弗雷泽；弗雷泽则端着X-雅克，死死对准鲍里斯的眼珠。

然而，紧接着，一场山雨欲来的悲剧转变成了一出皆大欢喜的喜剧——那位老妇人跟在众人身后走出木屋，用异常粗暴的言语对老人不停地发火。

她的骂声一刻不停，先前被用来搅拌那锅可怕的褐色炖肉的大木勺子，现在被用来劈头盖脸地殴打她的丈夫。老男人试图架起胳膊抵挡她的暴击，但这无异于单手抵御一群愤怒的黄蜂。他跑进木屋，老妇人拖着有关节炎的双腿，火冒三丈地狂追不舍。

这情景令人忍俊不禁。大家都笑了起来，只有鲍里斯还怒气未消，手指仍搭在来复枪的扳机上。

基洛夫走到他的身边，平静地从他手上拿走了武器，轻声对他说了几句俄语。鲍里斯这次居然一句话也没反驳。

"我们进去吃饭吧。"基洛夫高声对大家说，"再说，一直站在这里可不太好，老虎正生气呢。"

"说得对。"杜林斯说。随后大家都回到木屋里去了。

25
"狗肉"晚餐

回到木屋里,大家坐下来吃了一顿别扭的晚餐。老妇人用沉重的大碗盛了褐色的炖肉,配上黑色面包,分给大家。

鲍里斯躬着身子坐在一个角落里,啃他自己的蒜肠。

"鲍里斯不吃狗。"他说。

"狗?"亚马逊惊愕地盯着眼前的大碗。

"别紧张。"杜林斯说,"那不是狗,是浣熊狗……"

"浣熊?!"弗雷泽已经语无伦次了。

"浣熊狗。它们既不是浣熊,也不是狗,而是一种独立的物种,学名是貉,是这里很常见的动物。当地人经常会为了它们的肉和皮毛猎取它们。你应该尝尝。"

"我是素食者。"亚马逊和弗雷泽同时回答道。可亚马逊知道弗雷泽是在说谎。

老猎人的孙子——那个"东方少年"开心地看着这一切。

"我叫德尔苏。"他向亚马逊微微弓了一下腰,"非常高兴见到你们。我也要为刚才的骚乱向你们道歉。"

亚马逊跟弗雷泽都被这个少年奇特的说话方式和严肃的态度震惊了。

"你好,德尔苏。"亚马逊一边回答,一边跟他握了握手,"我叫亚马逊。这个傻小子是弗雷泽……"

"嘿！你才傻呢！"

亚马逊没理会弗雷泽："请千万不要说抱歉——我非常肯定刚才是你祖父救了我的命。他刚才在做什么？我是说……他好像是在跟老虎说话……"

"是的，我祖父是个很有名的萨满巫师，他对老虎有一些很奇怪的信仰——这方面我并不完全认同。而且，有时候他同时相信两种不同的东西，比如他相信老虎——我们的语言里叫安巴——是一个伟大的神灵，你也可以说它是神；可是，他也相信老虎是恶魔的守护犬，那恶魔就生活在可以俯瞰河流的岩石里。"

"好的。"弗雷泽说，"那么，哪只老虎是伟大的神灵？哪只老虎是恶魔的守护犬？"

"从某种意义上讲，现在这已经不重要了。那个愚蠢的俄罗斯人向老虎开火，就把它变成了我们的敌人。现在我祖父认为，那只老虎在把我们都杀死或赶出这片土地之前，是不会消停的。他现在非常焦虑。"

"你的英语为什么说得这么好？"弗雷泽以他一贯的直来直去的方式问道。

德尔苏停了一会儿，说："我爸爸挣了些钱，把我送到了莫斯科的美国人学校。"

"噢，"亚马逊说，"我刚想问你爸爸妈妈在哪儿……"

"我去莫斯科上学后不久，我妈妈就死了。"

"哦，真抱歉。"

"那你爸爸呢？"

德尔苏低下头："我不想说。这让我觉得羞耻。"

弗雷泽还想接着问下去，亚马逊按住他的胳膊，对他摇摇头。她的意思非常清楚：不要再问了。

幸好这时，他们的注意力都被老妇人吸引过去了。她粗糙的双手拿着什么东西，看上去像个木制的玩偶——脸很长，眼睛是用小蓝珠子做的，没有双臂，腿是跪着的。

亚马逊和弗雷泽完全被吸引住了。老妇人把一根细绳绕在玩偶的脖子上，然后把玩偶悬挂在炉子前。接着，她向炉火里扔进一些厚厚的绿油油的叶子。树叶迅速收缩并燃烧起来，烟雾弥漫了整个房间，散发出浓郁的气味——那气味十分接近迷迭香，不难闻，但令人昏昏欲睡。

"你祖母到底在做什么？"弗雷泽问道。

"她在保护这座房子。"德尔苏回答，"这样安巴就不会闯进来了。"

亚马逊与弗雷泽面面相觑，弗雷泽对着她用口型拼出一个词："伏都教。"①

"那个木头人是卡萨良库，"德尔苏继续解释道，"那些叶子是一种叫作喇叭茶的植物，可以增强卡萨良库的力量。卡萨良库能保护我们不受安巴的伤害。我祖父、祖母相信这些。"

老妇人开始低声唱歌，整个房间立刻安静下来，大家都把目光转移到她身上。她唱歌的时候，马克哈用一个小鼓为她伴奏。她的歌声渐渐弱下去，直至消失。尽管亚马逊不相信这种魔法的力量，但是她依然感到脖子后面的汗毛都竖起来了。

---

① 由拉丁文 Voodoo 音译而来，一种原始宗教，又译巫毒教。

那个夜晚都不得安宁。吃完晚饭，亚马逊和弗雷泽钻进铺在硬地板上的睡袋里。大人们继续谈了会儿话，亚马逊还听到鲍里斯伏特加酒瓶的叮当声。但是最后，小屋终于回归寂静。

不一会儿，鲍里斯（估计是他）开始打鼾了。

"还没睡着吧？"弗雷泽轻声问亚马逊。

"睡了，"亚马逊说，"我入睡很快。"

"那声音就像一辆大卡车撞到一辆火车，然后两辆车一起滚到山下面去了。"

"不对——听上去更像一只老虎和一只狗熊在决一死战。"

"现在豹子也加进来了，更难听了。"

两人咯咯笑了起来。接着，弗雷泽停顿了一下，严肃地问道："你感觉怎么样，逊妮儿？我是说，我已经习惯这样了，我以前参加过行动，可我担心这对你来说强度有点儿大。"

"呃，"亚马逊回答，"从英国到这里，路程确实远了一点儿……不过说真的，我很喜欢这样。我只是很想知道我爸和我妈现在怎么样了。"

"他们不会有事的。我知道。我爸肯定会把他们救回来的。噢，呃……倒不是说他们真需要救援什么的，我的意思是，呃……"

"弗雷泽？"

"什么？"

"安静。赶紧睡觉。"

他们俩终于迷迷糊糊进入了梦乡，全然不知此时外面有个杀手正心烦意乱地踱着步子。

26
安巴！

对安巴来说，这次受伤对它自尊的伤害远远大于肉体的伤害。当然，疼痛还是相当剧烈的。鲍里斯的来复枪射出的子弹从它两耳之间穿过，灼焦了它额头上的短毛，继而又削掉了它的尾巴尖儿。虽然只流了一两滴血，但是老虎都非常不喜欢尾巴发生任何变化。安巴退回到森林里，躺在一根烂木头下，舔舐着伤口，苦苦思索着。

一个记忆——美好的记忆浮现，安巴回味着这个记忆，就像吮吸着一块骨头。很多年前，一个猎人一路穿过林海雪原，不停追踪它，但它最终扭转了局面——这个人的出现吓跑了鹿和其他猎物，安巴决定终止这场游戏。

安巴沿着一条小路引诱猎人，然后突然跳离小路，远远退入树林，在那里等候着。猎人全神贯注地盯着雪地上的痕迹，忽略了他的狗的吠叫声。直到老虎扑了过来，他还什么都没有察觉到。吠叫的小狗成了老虎的点心，雪地上只留下了一把枪和一只靴子。

但是，其实安巴并不喜欢吃人。吃人的老虎几乎都是些老弱病残，它们不是牙掉光了，就是爪子残了，没办法捕捉平常的猎物。安巴对那些用两条腿走路的奇怪动物的肉没什么兴趣。况且它还很健壮，完全可以捕捉森林里那些活蹦乱跳的猎物：凶猛的野猪、黑熊，甚至威武高大的乌苏里棕熊。它一生都在吃这些东西，还有它喜欢的梅花鹿。噢，当然，还有狗。狗比较好吃，也容易捉到。

它去那个木头"洞穴"的真正目的是为了那只狗，那小家伙可真是个捣蛋鬼。可后来那个老人也来了，安巴惧怕那个老人，因为老人知道老虎怕什么，是老虎最大的危险。

可就在这时，另一个人，那个大个子，打伤了它。安巴不会忘记自己受到的伤害。

所以，它舔舐完伤口，懊恼地沉思了一阵之后，又寻觅着回到了那个木头"洞穴"外，寻思着不管什么人，只要是从那个"洞穴"出来的，它就要把他吃掉。

它绕着那块空地来回走了三次，那儿有一股它非常不喜欢的气味。最后，它还是觉得这个地方对老虎不吉利，它的尾巴也是在这里受的伤。它骂了一句老虎的咒语，消失在森林里。

但是，它依然想要报仇。它想要给敌人造成疼痛和死亡。很久以来，在北方，老虎的真正敌人是熊。可最近这儿来了一个新对手——个头儿不大，却很狡猾。安巴不会容忍对手的存在，它知道豹子在什么地方。

还有那豹子的小崽子们。

没错，它准备去杀了那头母豹子，然后杀掉小崽子们。这或许能平复它的疼痛。

当然，这么做有点儿蠢。它已经逃离了大火燃烧的地方，可现在它还得游泳游回去。不过这么做也可能值得，因为在它的灵魂深处，有个什么声音告诉它，豹子的味道应该很不错。

27
整装待发

第二天早上,亚马逊醒来时,脖子落枕了,后背也特别酸痛。有生以来她第一次怀念——但就一点点——米尔班克修道院那硬邦邦的床铺和冰冷的房间。

小屋里的其他人都在忙着为这次远行做准备。这也是她第一次穿上探险服装:卡其色轻便长裤和配套的衬衫,透气的迷彩外套和美国陆军特制的丛林靴。

"我感觉好像是在演电影,"她说着,查看自己映射在窗户上的身影——小木屋里没有镜子,"我只是不太肯定是哪种……"

"看着还真酷。"弗雷泽说。

"你真应该想个别的什么词儿来形容你喜欢的东西了,别老说'酷'行吗?"亚马逊回答道。

但其实她心里可高兴了。

早饭他们吃了老妇人煎的鸡蛋和大块的俄罗斯黑面包。

吃过早饭,亚马逊坐在木屋的门廊上检查她的装备。她领到一个标准的追踪者背包,里面有备用轻便防水服、抓绒衣、医疗包、带肥皂的洗漱袋、驱虫剂、瓶装水、饮用水消毒片、多功能工具、手电筒和一些应急口粮。

这些东西码放得十分整齐,亚马逊把每样东西都拿出来检查了一遍,却无法按原样放回去了。她听到一阵烦人的笑声,看到弗雷泽一直坐在旁边看她。弗雷泽帮她把东西重新装好,并给她介绍了码放东西的最佳方法。

"你最好把所有东西都分装到不同的防水包里。"他说,"这不光是为了防水,也能帮助你记住什么东西在什么地方。最糟糕的事情就是,为了找出一片阿司匹林,你不得不把整个背包倒腾空。而且,大多数人都认为应该把重的东西放在背包最下面,但实际上你如果把比较重的东西放在稍微高于你重心的位置,那更便于你长途跋涉。"

"是谁把你变成一个专家的?"亚马逊问道,心里不怎么喜欢弗雷泽突然以老板的姿态教她做事。

"五次探险。"弗雷泽说,"可不是那么容易的。"

亚马逊做了个鬼脸,伸手揪了一下弗雷泽那自鸣得意的耳朵。

米兰达走过来递给亚马逊一个小盒子:"这个可能会派上用场。一定要学会使用方法。"

亚马逊打开盒子,里面是一块沉甸甸的绿色手表。这绝对不是亚马逊喜欢的风格。她刚想开口,弗雷泽抢先插了进来:

"酷——呃,我是说,太棒了!"他连珠炮似的说个不停,"定位手表!"他抬头看着米兰达问:"我的呢?"

"对不起,弗雷泽,自从婆罗洲卫星电话事件后,就没有你的了。"

"嘿!那不是我的错!我该怎么做?是让鳄鱼吃掉我还是吃掉电话?"

"你应该便宜得多,"米兰达说着,她的嘴角略微动了一下,最小限度地表示了她的微笑,"你和亚马逊在一个组,所以你们不需要两块手表。而且，很明显，亚马逊要比你靠谱儿。"

"太不公平了！"弗雷泽抱怨着，一脚踢翻了他刚刚帮忙整理得十分整齐的背包。

"正好提醒我了，"亚马逊说，"定位手表究竟是个什么东西？"

"看，"弗雷泽不满地说，"她连那是什么东西都不知道！"

米兰达没理他，转头对亚马逊说："全球定位系统。通过卫星找到你的准确位置。如果你把目的地的坐标输入进去，它就会给你指示路线。搭配地图一起使用，你绝对不会迷路。弗雷泽——"

"在！"弗雷泽立刻挺起胸膛。

"你负责拿好地图。"

"嗯——"

"还有其他的功能吗？"亚马逊问。

"什么功能？你是说如果把它放到计时器上，它会不会发射激光或者爆炸？"

亚马逊脸红了。她确实想知道追踪者们会不会携带这类装备。

"我们是环保组织，亚马逊，不是秘密特工。不会，这东西只是个定位设备。噢，它还有个功能，就是能告诉你时间。"

他们谈话的时候，亚马逊看到那个老人——马克哈——正围着空地走来走去，每走几步就弯下腰来检查一下地面。他跟他孙子说了几句什么，然后又对鲍伯·杜林斯说着什么。德尔苏向大家走来。

"我祖父说，安巴昨晚又回到房子这儿来了。他说安巴很生气，必须用祷告和礼物来安抚它。"

就在这时，鲍里斯从木屋里出来，径直冲了过去。鲍里斯狗紧跟在他的脚后。

"给老虎的唯一礼物就是鲍里斯的另一颗子弹。这回打进脑子。哈哈。"

"他是个坏人。"德尔苏说。

"而且,那是一只胆小如鼠的狗。"亚马逊补了一句。

28
上船

从小木屋穿过森林,向山下走半个小时就到达了河边。那是一个弥漫着雾气的凉爽早晨,让亚马逊一下子想起了学校周围的树林。森林里到处是白桦树、榆树和榛子树,到了河边就满是杨树和柳树了。

他们沿着一条狭窄的小道前行,鲍里斯认为他应该走在最前面。一开始,鲍里斯狗走在他主人的前面,想要显示一下自己的英雄气概,可没过多久,它就悄然转到了主人身后,鼬鼠、兔子,甚至一片落叶都能把它吓得心惊肉跳。

鲍伯·杜林斯紧随其后,他迈着长长的、沉重的大步子,每迈一步都像是要把森林的地面吃下去。接着是上了年纪的马克哈,他塞塞窣窣、脚不离地地倒腾着他那两条短得有点儿可笑的腿。他拄着一根长长的棍子,棍子顶端像叉子一样分着杈,这就是前一天晚上亚马逊看到的那根棍子。

跟在乌德盖人后面的是米兰达,她步履轻盈而坚定,眉头紧锁,全神贯注地向前走着。亚马逊和弗雷泽并排跟在她的身后,布鲁伊喋喋不休地紧跟着他俩,时不时开个玩笑。接着是步伐轻松而流畅的德尔苏,他肩上还扛着一支跟他身材一样高的旧式步枪。

最后压阵的是基洛夫。跟鲍里斯和德尔苏一样,他也带着武器，不过与那两个人不同的是，他带的是卡拉什尼科夫突击步枪。

"是为了防御土匪。"他这样回应米兰达的盘问。

弗雷泽回头瞥了一眼，不得不佩服这个男人行动的轻松自如，他看上去非常机警但一点儿也不神经质。弗雷泽得出结论，一个好男人，就必须在森林的长途跋涉中压后阵。

他的遐想很快就被已经走到山下的鲍里斯打断了：

"是河！"他大声喊道，"是船！"

弗雷泽在探险生涯中见识过不少波涛汹涌的河流，他曾乘木筏飞渡科罗拉多河的湍流，亦曾划独木舟穿行巴西的奥里诺科河。霍尔河不像科罗拉多河那样激流湍急、白沫四溅，也不像奥里诺科河那样威严肃穆，但它有一种独特的沉稳、质朴的力量。这条河没有用激流和漩涡来表现急迫、匆忙的能量，相反，它展现出来的是一种坚定、创造的力量，就像一列货运列车或一辆装载原木的大卡车无可抵挡的宿命。

河太宽了，石头是扔不过去的。但是弗雷泽估计，他要是朝河面撒上一块漂亮的扁平鹅卵石，这块石头跳上十几下，肯定就能跳到河对岸。

有两艘船停靠在狭窄的鹅卵石河滩上，一艘是现代化的硬壳充气船，船侧面有"追踪者"的标识，船尾有一个巨大的雅马哈350马力V8舷外发动机；另一艘是古老的手工制作的木船，船身历经磨损、撞击，上面还打着"补丁"，这艘船是马克哈的。

"先到先得！我要上'追踪者'。"弗雷泽一边说一边摩挲着雅马哈发动机。

那两个乌德盖人将细长的木船推下水，灵活地跳上船。亚马逊一时兴起，也加入了他们——尽管充气船上有足够的位置，即便装上全部的设备也没问题。令她吃惊的是，鲍里斯狗也追随她笨拙地跳上了木船，小心翼翼地看着另一个鲍里斯，那个鲍里斯不屑地吸了下鼻子，那意思是说"随便"。看上去，那只大黑狗已经认为亚马逊是它最好的新朋友了。

德尔苏向女孩伸出一只手帮她上船，马克哈也微微弓了下腰，脸上飘过一丝稍纵即逝的微笑。这还是亚马逊第一次看到他那饱经风霜的脸上露出笑容。他用他们本民族的语言说了几句话，然后又用俄语说了几句。

"我爷爷说欢迎你上我们的船，"德尔苏翻译道，"但是请别掉进河里……那可就不妙了。"

亚马逊猜测这是不是跟他们的泛灵论宗教有关。她大致记得一个关于水妖鲁萨尔卡的俄罗斯童话故事，她把年轻人引诱到水中，然后淹死他们。

"水里面有神灵吗？"她问道。

德尔苏看上去有些困惑，停了一下，他问他的祖父，老人笑了起来，这次是真的笑了。

"神灵吗？"德尔苏对亚马逊说，"没有。我只是想说我们没有合适的保险保障你们在水上的生命安全。"

说完，他拉起套在旧式推杆引擎上的绳索出发了。小木船引领着大得多的充气船，向强急流方向驶去。

29
"游轮"遇险

经历了森林的黑暗阴郁之后,河流带来了一个美妙的转换。在密林深处,亚马逊只能隐约听到远处的鸟鸣和近处偶尔的簌簌声——那是看不见的动物逃走的声音。她知道周围有壮观的景色:火山口、群山、瀑布、失落的文明的遗迹……可是,走在树林里,她能看到的只有粗壮的树干、伸展的枝条和深绿色的树叶。

然而,当他们一触碰到河水,世界仿佛立刻被打开了。突然间,天空展现出来,森林又变成了生命与希望的所在。从某种角度看,这仅仅是因为树叶形成的帘幕被拉开了,但实际上,更重要的是因为:生命在两个世界交界的地方变得更加丰富,林中动物们都会到水边来洗漱、畅饮、搏杀和嬉戏。

亚马逊愉快地凝视着四周,小船在河水轻柔的拍打下向前划去。她坐在一个硬板凳上,鲍里斯狗把下巴搭在她的腿上,重得像一个保龄球。远处重峦叠嶂,山峰的顶尖点缀着残雪,让她在感觉渺小的同时,又有一种无法言说的卓越感。有一个专门的词来描述这种愉悦与敬畏交融在一起的感觉,那就是升华。亚马逊就正在体验着这种心理。

一只金鹰近在咫尺,在河上翱翔,翅膀尖的羽毛舒展开来,像一根根手指。它毫不费力的一个飞升,落在了一棵枯死松树的光秃枝头上歇息。

德尔苏碰了一下她的胳膊，指了指前方。亚马逊看到一只野猪正在喝水，它的身后还跟着一、二、三、四、五、六只长着条纹的小猪，小猪们排成一排。猪妈妈抬起头来，使劲儿睁着那双弱视的小眼睛，来回看了看，接着哼了一声，于是，一家子迅速退回到树林里的安全地带。

一道金绿色的光闪过，紧接着是"扑通"一声，亚马逊马上知道那是只翠鸟。它飞快潜入湍急的水流中，一秒钟就又出来了，短剑似的嘴里叼着一条棘背鱼。亚马逊既惊叹这小鸟珠宝般的美丽，又赞赏它作为一个猎人的完美特质——对河里的小鱼来说，十来厘米的翠鸟就是从天而降的可怕巨龙。

"太美了！"她对德尔苏说，或许，更确切地说，她是在对着这个世界说话。

然而，回答她的是德尔苏，而不是世界：

"是啊，是很美。可是，就像其他所有美丽的事物一样，它——用英语怎么说？那个词……是说一个东西很容易被打碎……"

"娇嫩？脆弱？"

"对，就是这个词，脆弱。就像冬天结的第一层薄冰，一片落叶都能把它击破。现在河水被污染了，鱼已经不那么适合食用了。很多人来一边把树砍倒，一边修路把木材运走。还有人跑到这儿来找金子，他们用化学物质把金子从泥土中分离出来，这些化学物质污染了河流。城里来的猎人带着机关枪来到这里，见到什么就杀什么，但并不是为了吃猎物，而只是为了杀戮。这些人都看不到其他东西也有灵魂。"

亚马逊还想接着问问德尔苏有关信仰的话题。就在这时，那艘在向下游航行的过程中一直跟在他们后面的充气船突然咆哮着振动起来，从他们身边冲了过去，带起一股船首波①，差点儿就淹没了乌德盖船低矮的船帮。

"呜——呼——！"站在方向盘旁边的弗雷泽声嘶力竭地喊叫着，"太酷了！一起摇滚吧！"

亚马逊想要喊住他，当你坐在船上时，这种"摇滚"是最要不得的。可是已经太晚了，弗雷泽已经完全听不到了。

弗雷泽左曲右转行驶了差不多一百米。杜林斯和米兰达一直在试图夺回控制权，布鲁伊却在一旁暗笑着，怂恿他继续。

"真胡闹！"亚马逊嗔怪着，但还是忍不住笑了起来。

在这之前的行程都相当紧张，也许大家都需要放松一下。

然而，可怕的一幕发生了。亚马逊看到，那艘大充气船突然像一个巨人被卡住了双脚，绊了个大跟头。有那么一秒钟，亚马逊以为这是弗雷泽疯狂的恶作剧——就像他以前做过的无数次的恶作剧一样。可紧接着，她惊恐地看到那些精心码放好的设备——还有，更重要的是——船上那些人，全都飞了出去，就像装在一个上下倒置的手提包里的东西一样，瞬间被抖落了出来。

---

① 船舶在水中移动时在船首处形成的波浪。

30
弗雷泽遭受责备

马克哈从喉咙里发出一声吼叫,德尔苏立即加足小马达的马力,驾驶着小船径直奔向现场。只用了几秒钟,他们就到达了事故发生的地方。

充气船被一股漩涡推到了一棵倒在河面上的树木边,因此他们不用担心找不到它。米兰达想办法也游到了这个地方,并紧紧抓住一根树干。鲍里斯的身高刚好能够到河底,他靠着自己强大的力量穿过河水向河岸走去,还高高举起他的步枪。

"安全!"他冲着乌德盖人大声吼叫着,"鲍里斯安全。你救他们。"

基洛夫奋力游向正在水里扑腾的弗雷泽,马克哈熟练地将小船驶向他们。亚马逊看到弗雷泽还睁着眼睛,顿时松了口气,看来从船上旋转着掉到水中也只是让他眩晕了一下。

德尔苏和亚马逊在这边拉,基洛夫在那边推,很快弗雷泽就被弄到了小船上。

亚马逊俯身呼唤他:"弗雷子,弗雷子?"①

"我的宝贝……"他嘴里哼哼着,"我的X-雅克……"

亚马逊不以为然地喷了一声,但马上就意识到事实上这次行

---

① 亚马逊对弗雷译的昵称。

动全都要倚仗这支麻醉枪。她的目光扫过湍急的水面,看到绝大部分行李都被冲到了米兰达紧紧抓着的那棵大树边。她看到了那个装着X-雅克的银光闪闪的铝盒子。

"我看你的那个宝贝没问题。"她说,"刚才到底是怎么回事?"

"河里有什么东西。一头鹿,我觉得。它从岸边过来,要游过河去。我直到最后一分钟才看到它,可当时已经来不及掉头了……"

"那是因为你开得太快了。"

"是,应该是。我真是太蠢了。"

与此同时,马克哈已经把船驶向杜林斯和布鲁伊。杜林斯看上去不太好,他动弹不得,布鲁伊正试图带他游到岸边。小船刚好这时候驶到了他们身边,布鲁伊终于松了口气。马克哈和布鲁伊一起把杜林斯抬上泥泞的河岸。杜林斯的一只眼睛被划伤了,右胳膊耷拉着,使不上力气。

尽管米兰达自己身上也有划伤和瘀青,但她立即采取了救援行动。她是一个训练有素的兽医,不是医生,可就像她说的那样:"当需要处理伤口时,猪和人之间没有区别。"

"谁能把我的背包拿来?"她一边给杜林斯检查一边说,"它被卡在大树那边了,我的急救包在里面。"

亚马逊跑到河边,沿那棵倒下来的大树走到齐胸深的水中。河水像冰一样刺骨,毕竟都是从高山上流下来的。水流把她卷进交错的枝杈里,树杈戳着她、划着她,好像是故意要伤害她似的。最后她总算够到了米兰达的背包,把它套在了自己的胳膊上。

"干得不错。"米兰达说。她还很少这样表扬人,亚马逊感到特别自豪。

很快，米兰达就给杜林斯的头包好了绷带。其他人也都陆续从这场灾难中恢复过来了。

除了那些被挡在大树边的设备，还有一些设备被冲到了下游，其他的一些则搁浅在河中间的砂石形成的浅滩上。基洛夫负责处理这些事情，就连鲍里斯也毫无怨言地一起工作了。

最大的问题是，卫星联络设备不是丢了就是毁坏了。

弗雷泽和亚马逊的任务是生火。弗雷泽从未像现在这样沉默不语，亚马逊觉察到他因为造成这次事故感到十分自责，甚至有点儿同情他了。

"确实，"她说，"你开得是太快了。可是那头鹿突然跑到你前面，这不是你的错。谁都可能遇到这样的事情，我觉得。"

弗雷泽对她点点头。

"谢谢。有时候我可能是个大傻瓜，但是我只会犯这一次错，下次我肯定会掉头。"

亚马逊强忍着不笑出来，但最终还是没坚持住。好在她及时转了下眼睛，表示友好地叹了口气，才不至于让弗雷泽太尴尬。

31
怎样（不）点燃篝火

弗雷泽和亚马逊一起去森林边捡干树枝。他俩都有些不安，不敢大声说话，感觉有什么东西就潜伏在不太远的地方，正在窥视着他们。于是，两个人匆忙回到了众人集合处。

"咱们怎么才能点着火呢？"亚马逊低头看着这堆树枝问道。

"看着点儿，好好学啊。"弗雷泽回答着，差不多又恢复了原来的自信，"我这辈子，无论走到哪儿，生火都是我的绝活儿。我爸教我的，他是最棒的老师。"

亚马逊也想起了爸爸几年前告诉过她的一些事情。他很少提到他的兄弟哈尔，但是他说过：有两样东西是他兄弟非常擅长的——风和火，而且，有时候他能把这两件事连到一起。想到这里，她忍不住笑了起来。

"什么事？"弗雷泽问。

"噢，没什么。"亚马逊迅速转移了话题，"点火吧，我想看看你是怎么做的。"

弗雷泽的表现出人意料地有条不紊。"当你置身野外时，火是最重要的。"他一边说一边在河滩上收拾出一块地方，"火可以保暖、烹饪食物、给水消毒、给你鼓劲。"

他先平铺了一层干树枝作底，又在上面铺了一层银色的树皮，那是从一根烂木头上剥下来的。

"桦树皮里含有易燃的油分,"他一边干活儿一边解释道,"可以像梦一样燃烧。"

他接着在树皮上面放了两捆细树枝,互相交叉着,然后在旁边放了一堆粗一些的树枝。

他又从那根烂木头上剥下另外一片树皮,用他多功能工具上的小刀片削了几下,刮擦着树皮内侧灰色的一层,把它们刮得像羽毛一样蓬松。

"现在来点儿好玩儿的。"他说着把手伸进他的作战裤上带拉链的口袋里,掏摸着什么。

亚马逊估计他的口袋里有火柴之类的东西,她想告诉他那些东西肯定都已经泡湿了,没用了。可是,弗雷泽好不容易从口袋里掏出来的并不是一盒火柴,先是一个线球,然后是一些零散的物件和一团湿纸巾,最后是一个金属片,大约有半根铅笔那么大。

"那是什么?"

"引火钢。"

"是什么?"

"一种特殊的金属合金。你看着就行了。"

接着,他把那个金属片和羽毛状的树皮叠放在一起,拿多功能工具上的刀片跟它们上下摩擦。摩擦产生出喜人的火花,火花四溅,溅到树皮上。这就像一个微型的烟花秀,亚马逊不由得舒了一口气。

但是弗雷泽运气不太好,尽管他一直轻轻地吹着气,第一拨火花还是没能坚持太久。弗雷泽准备好再试一次。亚马逊也认为接下来一定会成功。

然而，弗雷泽没能得到第二次机会。两个孩子心无旁骛地专注于眼前的工作，完全没注意到其他人全都围过来了。鲍里斯挤到前面，一把推开弗雷泽。

"嘿！"弗雷泽大叫道。

"这个费太长时间。如果我们继续等你生火，冬天都会来了，把我们全都冻住，知道吗？鲍里斯教你俄罗斯人怎么生火——完全不像愚蠢的扬基。"

紧接着，鲍里斯从他的狩猎步枪——一支第二次世界大战使用的莫辛-纳甘狙击步枪——上拉出弹夹，弹出一粒子弹。他拧开子弹壳，把里面的黑色粉末全部倒在亚马逊和弗雷泽精心码放整齐的木柴堆的底部，然后把弹夹推回步枪。

"后退！"说完，他冲那个由黑色粉末堆成的小小金字塔开了一枪。

这一切发生得太快，大家都来不及反应。霎时间，大混乱爆发了，粉末爆炸燃起熊熊火焰，木柴被炸成碎片到处乱飞。亚马逊和弗雷泽急忙跳进水里掩护自己，基洛夫向鲍里斯冲过去，用俄语劈头盖脸地怒斥他，那些词句听上去好像一把把斧头猛砍下来。

这两个人看来要决一死战了，弗雷泽肯定是要把赌注押在小个子男人身上的——他的眼睛燃烧得就像两道宝蓝色的激光。

但是，根本就没有战斗。鲍里斯耷拉着脑袋走开了，嘴里还嘟嘟哝哝着。

"火点着了。"他气呼呼地说。火确实点着了。

32
重踏征程

很快大家都暖和过来，衣服也都烤干了。马克哈和德尔苏找到了那头引发事故的鹿的尸体，它还漂浮在水中。这种鹿被俄罗斯人称作"艾修波"（红鹿），是欧洲红鹿和北美马鹿的近亲。

这是一个巨大的标本，鹿角有鲍里斯展开的双臂那么宽。两个乌德盖人很快就把它剥了皮处理好，不一会儿，鹿肉串就已经在火上烤起来了。

可是大家都不太开心。

杜林斯因为耽误了太多时间而非常不安，团队中的其他人之间也产生了一些冲突情绪。问题主要集中在鲍里斯身上，他几乎在跟每个人吵架。

"到森林火灾地区还有多远？"米兰达问杜林斯。

"再过一个小时，我们应该就能到达现场。"他说，"只希望我们能在大火完全失控之前到达目的地。"他转向弗雷泽——他一直在努力不被人注意到——说："我希望你能从这个事件中吸取教训，孩子。很可能会出人命的。而且，我们丢了一些灭火设备，这可是我们非常需要的。"

出人意料的是，基洛夫说话了："不完全是这个孩子的错，那头鹿从森林里冲出来，速度非常快。而且它在河里游的时候，只有头露出水面，这孩子很难看到。"

德尔苏立刻变得机警起来，他跟祖父说了几句，祖父回答的声音非常激动。

"这是一个不好的征兆，"德尔苏说，"艾修波只害怕一样东西，那就是安巴！"

一听到"安巴"这个词，鲍里斯狗立刻发出一阵抱怨的低吼，退缩到亚马逊身边。她摸了摸狗的耳朵，越发喜欢起这个愚蠢、怯懦的家伙来。"肯定就是昨晚去小木屋的那只老虎。"德尔苏接着说，"我爷爷觉得不妙。我们必须离开这儿。"

半小时后，他们又回到了水上。

弗雷泽问德尔苏，他是否能坐他们的木船。"我不太好意思再回到充气船上。"他补充道。

"当然。"德尔苏说，"不过我爷爷觉得最好是我掌舵。我们一天之内不能杀更多鹿了。"

没过多久，亚马逊就看到了第一缕烟雾。很快，弗雷泽看到河右岸前方躺着一只愤怒的灰鹭。

又过了几分钟，他们看到沿着河岸有一片破破烂烂的帐篷，帐篷后面的森林已经被浓烟吞没，不时有剧烈的红色火焰闪出。几只小船停靠在河边，一群俄罗斯士兵上岸了。大多数士兵的嘴里都叼着烟卷，这场面令亚马逊感觉很愚蠢。

"看来杜林斯先生有得忙活了。"弗雷泽说。

"不是好人。"德尔苏加了一句，"都不是什么好人。"

33
安巴再次受挫

自从那夜,安巴被小木屋发出的奇怪气味和"不祥"的感觉逼离那片空地后,就一直沿着下山的小路向河边走去。到了河边,它就开始沿着河道迅速向前行进。

它依然决心要摧毁锁定的对手,但这并不意味着它可以抵抗饥饿。

因此,当它看见那头红鹿时,它决定让复仇再稍微推迟一会儿。

它匍匐着跟踪那头鹿,一直到可以扑杀的距离。如果是小号的猎物,比如一只野猪或一只优雅的狍子,安巴这时完全可以发动攻击,跳到它们的身后,咬断它们后脖子的椎骨,令它们迅速死亡。

然而,对付眼前这头巨大的成年红鹿,安巴不能采取这种策略。它要从背后进攻,然后冲到猎物身体下侧,咬住猎物的喉咙。猎物难逃一死,但因为是窒息而死,死亡的速度会慢得多。

正当安巴做好准备,就要纵身连跳三大步冲向红鹿的时候,风向变了,风把它身上强烈的猫臭味吹到了红鹿那边。那头雄鹿迅疾抬起头,它的感官——听觉、视觉和嗅觉——瞬间被激活了。安巴冲了过去,但是红鹿已经飞跃着跑开了。安巴追了过去,还来得及。红鹿向河边跑去,而安巴的泳技绝对超过任何鹿类。惊恐万分的红鹿冲出树林，一头扎进河水里。安巴已经非常接近它的猎物了，可就在这时，它看到了那两条船，立刻认出那就是它前一夜的敌人——那个原本应该怕它却没有怕的小个子老头儿。

安巴停下来，低吼了一声，退回森林里。那头红鹿却继续慌忙直前，因为它深信身后的捕食者的牙齿正要狠狠地咬住它，爪子正要重重地拍在它的侧腹上。

然后，它正好撞上了急速行驶的充气船。

再次受挫，安巴继续上路，更加坚定了去寻找并杀死豹子和小豹崽儿的决心。

34
分头行动

浓烟使空气变得辛辣苦涩，刺激着亚马逊的鼻子和眼睛。杜林斯头上缠着绷带，脖子上吊着受伤的胳膊，在给大家发出最后指示。

"所以，经米兰达女士同意，三个小组分别是：第一组，亚马逊、弗雷泽和德尔苏、马克哈；第二组，米兰达和鲍里斯；第三组，布鲁伊和基洛夫。第一组，你们负责靠近霍尔河一带。第二组，你们要徒步穿越乌苏里江流域，然后从那里开始工作。第三组，你们负责核心区域。每个小组都配备一支麻醉枪。你们每个人都有一个无线电接收器，用来接收无线电项圈发出的信号。大家都知道，在这次……呃……事故中，我们的卫星电话丢失了。"杜林斯停顿了一下，但是并没有看弗雷泽一眼，这让弗雷泽十分感激，"而且，在这片山区，是不可能接收到普通手机信号的。这意味着我们必须设定一个固定的集合点，那就是在两条河流汇合处，距离下船地点大约二十五千米的地方。

"大火现在已经燃烧了一千五百个小时，对你们来说，从这儿到那儿，二十四个小时怎么都够了。所以，明天的这个时候，我会在这个充气船上等着你们。我建议你们都把那个神奇的手表定上时。"

亚马逊点开她的GPS手表的秒表功能，设定了二十四小时。

"我想都没必要再叮嘱你们要小心，"杜林斯接着说，"豹子是非常危险的动物，特别是当一只母豹子需要保护它的孩子时。我们也不知道那儿是否还有老虎，但很可能有。报告说那儿还有很多猎人。而最危险的是大火，万一风势变强，你们可能会被山火围困。我会尽最大努力和士兵们修建一条防火道，但归根结底，寻找、营救豹子是你们自己的责任。记住，如果你们失败了，豹子也没有活下去，那时整个保护项目都会被取消，当地政府就会把这片土地卖给伐木公司。还有问题吗？没了？好。二十四小时后见。"

一个衣着邋遢的俄罗斯士兵板着脸绕过山火燃烧线，用充气船将这三支小分队摆渡过去。待他们卸下设备，小船渐渐远去了。

"那么，我们就在这儿分手吧。"米兰达说，"弗雷泽，亚马逊就交给你了，照顾好她。相信你们的向导，听从他们的指示。别逞能。豹子固然很重要，但是人更重要，明白吗？"

"当然。"弗雷泽回答道，尽管他并没有认真听。他内心已经沸腾——冒险终于要开始了。

"别担心，孩子。"布鲁伊胡噜了一下亚马逊的头发，"别让这个天才小子给你惹麻烦。"

鲍里斯狗跑过来道别，它在亚马逊脚下嗅来嗅去，呼哧呼哧地喘气讨好着，哈喇子流得到处都是。亚马逊把手伸进口袋，找出一小块巧克力。

"这个给你，傻瓜。"狗把巧克力叼了起来。

鲍里斯"人"走过来把狗拽走，说："给狗吃糖不好。让狗变懒。懒狗跟没有子弹的枪一样。"

"偶尔给一点儿小零食没什么，狗和人都需要。"亚马逊说。

"也许吧。"鲍里斯耸了耸肩说,"但是让我给你这个英国小女孩一点儿劝告吧。送你一句俄罗斯老话:Ot dobra dobra ne ishchut①。"

"是什么意思?"

"意思是,英国女孩,小心点儿。"

说完,鲍里斯往树林的地上啐了一口痰,走开了。鲍里斯狗一声不吭地跟在主人的脚后溜走了。

布鲁伊和米兰达最后朝他们挥了挥手,基洛夫则向他们敬了个礼,转身跟上了大个子俄罗斯人和他的狗,就剩下亚马逊、弗雷泽和德尔苏、马克哈了。

然而,告别并没有真正结束。走了大约一百米,鲍里斯狗停了下来,心神不定地回头望着亚马逊。它的主人也停下脚步,粗暴地招呼它。狗看看鲍里斯,又看看亚马逊,然后又转身回去了。鲍里斯大声吼着,然后踢了他的狗一脚。那倒不是特别恶毒的踢法,但这成了激怒鲍里斯狗的最后一根稻草。鲍里斯狗抬起一条后腿,冲着它主人的方向释放出一股鄙视的水流,然后跑到另一组人那里去了。它跳起来,把它那双沉重的前爪搭在亚马逊的肩膀上,不停地舔着她的脸。

"留着这个傻瓜、懒蛋、胆小鬼狗吧!"鲍里斯不屑地摆了下手,大喊道,"它也就是老虎的下酒菜。"

说完,他转身接着赶路,嘴里还用俄语咕咕哝哝地抱怨着什么。

---

① 俄语谚语,意思是:眼前有福享,不必去远方。——译者注

35
母豹子

它为小豹崽儿们找到了一个看似安全的新巢穴：那是一个位于大落叶松盘根错节的树根下的洞穴，是狐狸或者胡狼挖的。狩猎突然间变得美妙起来，它以前还从来没见过这么多长着斑点的漂亮梅花鹿、巨大的红鹿，还有长得跟山羊一样的斑羚。它并不知道，它们都是被山火赶到这里聚集的。

此刻，它正在吃一只斑羚，按照豹子的惯例从猎物的后半身开始撕咬。在它吃斑羚的同时，它的宝宝们则一边吃着奶，一边用爪子互相拍打着——它们的爪子终有一天会变成致命的杀人武器。

其中有一只小豹崽儿，就是小的顽皮的那只，爬到它后背，将它那犀利的小爪子伸进妈妈的皮毛，一直触摸到皮肤。它摸到了妈妈脖子上的那个塑料项圈，项圈非常轻巧，以至于母豹子早就忘记了项圈的存在。但小豹崽儿可不这么想，很显然，那东西不是妈妈身体的一部分。它不停地啃着、揪着、扯着那东西。不过，那个无线电发射器设计得非常结实，而小豹崽儿很快就觉得没意思了，它从妈妈后背上滚下来。现在该去姐姐那里捣捣乱了。

有了这个安全的洞穴，又有丰富的猎物，母豹子能够给它的幼崽们提供丰富的母乳，把它们养得胖胖的，然而，这只母豹子依然感觉很不安。这不仅是因为远处吹过来的浓烟的气味,而且它凭经验断定,它仅有的天敌老虎和人类都在这里。它不顾崽崽们的抗议,把它们拉近自己,严实地遮盖在自己的身体下方。

36
深入森林心脏

"好吧，"弗雷泽拿出他的无线电接收器，"咱们去找那个宝贝儿吧。"

跟踪设备的接收器由一个小型手持设备组成，比手机稍微大一点，还带一根很大的折叠天线，就像一根可移动电视的天线。接收器上有一个开关，还有一排LED显示灯，显示信号的强弱。弗雷泽打开开关，把接收器举起来。

"如果豹子在两三千米之内，接收器就会发出哔哔声。"他说。

德尔苏和马克哈交换了一下眼神，他们的神情显示出些许兴趣，但同时又觉得有那么一点儿可笑。这显然不是乌德盖人的追踪方式。

弗雷泽满怀期待地等着哔哔声响起，告诉他猎物就在附近。

接收器非常安静，LED显示灯一个也没有闪。

"没反应。肯定不在这个范围内。估计得靠你们带一会儿路了。"他对德尔苏说。

马克哈已经往前走了，他粗糙的手里拿着那根长长的、像叉子似的木棍，小心翼翼地走进森林。弗雷泽依然握着那个（到目前为止）还没什么用的追踪设备，他看了看亚马逊，像是鼓励自己似的点点头。然后，他们快步跟上了领队。沉重的背包让亚马逊不堪重负，但是，能置身这样一个意想不到的地方，也让她感到神奇又欣喜。鲍里斯狗紧跟在她的脚边,让她有一种奇特的安全感,尽管事实已经证明这只狗是个胆小鬼。德尔苏保持着一如既往的机警,跟在最后压阵。

很快,他们就深入到了森林的心脏地带。万籁俱寂,空气中只能听到他们的脚踏在厚厚的落叶上的声音,还有鲍里斯狗沉重的喘气声。

马克哈依旧走在最前面,他边走边低着头专心研究地面上的痕迹。然后,他彻底停了下来,又僵硬地蹲下身子。其他人都围在他身后。

"你爷爷是不是发现了豹子的踪迹?"弗雷泽问,他抑制不住兴奋,声音都有些颤抖了。

"可能。"

弗雷泽有些失望,"只是可能?我还以为你们什么都能找得到呢。"

"我解释给你听。"德尔苏耐心地回答,"这条小路是野猪走出来的。野猪去哪儿,豹子就会去哪儿。冬天跟踪一只动物很容易,因为有雪,即使是豹子和老虎那么聪明的动物,也不会考虑到它们在雪地上留下来的脚印。我祖父也不太明白为何会发生这类事情,但事实就是这样。也就是说,在雪地上你可以分辨出任何东西。你可以看到豹子在什么地方走过,在什么地方休息过,在什么地方躺下来给小豹崽儿喂奶,在什么地方藏着等待它的'晚饭'走过来,在它跳起来杀死红鹿之前走了多少步。所有这些我祖父都可以从雪地上看出来,但这算不上什么了不起的技能,就连那些从城里来的愚蠢的俄罗斯人，像傻瓜鲍里斯那样的人，都能在雪地上追踪豹子和老虎，然后用机关枪射杀它们。"

"可现在没有雪啊……"

"当然了，而且，现在夏天快要结束了，是最难追踪动物的时候。不光是因为没有雪，还因为现在的地面又干又硬，踪迹就像是幽灵的痕迹。鲍里斯找不到。就连我也找不到——我跟爷爷学了很多东西。但是没错，我爷爷能找到豹子的行踪。他是我们族人里最棒的追踪者，而我们族人又是世界上最棒的追踪者。"

德尔苏说话完全不像鲍里斯那样吹牛。他说的话非常客观，就事论事，就像在告诉你时间或者指出一种树的名字一样。

"我不得不告诉你，德尔苏，"弗雷泽说，"你知道——"他正想说，他遇到的几乎所有的原住民群体——从澳大利亚到南非——都认为他们自己是世界上最棒的追踪者。可就在这时，马克哈咕哝了一声，站起身来，跟德尔苏说了几句话。

"他已经找到踪迹了。咱们追豹子，而豹子在追斑羚。"德尔苏翻译着爷爷的话，"等它抓到它的猎物，我们也就能抓到我们的'猎物'了。"

37
我还在往下掉呢

终于可以开始追踪豹子了,亚马逊和弗雷泽兴奋不已。接下来他们要面对的是翻过两条河之间高低起伏不定的群山中的一座,这是他们有生以来花费时间最长,也是最艰难的一次登山。

此前他们做的所有徒步跋涉都还是相当轻松的,那都是在平坦的地面上沿着已有的路径行走。可现在的情况就大不相同了。一离开河岸,就再也没有什么平地了,他们时而要奋力向上攀爬,时而要小心下山的坡路。而且,山丘之间的洼地潮湿泥泞,还时不时要跨过山间的小溪,这就意味着会弄湿靴子,让人感觉更加不适。

亚马逊以前还从来没有背着这么重的东西长途跋涉过,当她拼命地推着自己的身体向上爬的时候,双腿感觉非常酸痛。尽管如此,她还是宁愿向上爬也不想走下坡路,因为她担心沉重的背包会令她向前跌倒,摔一个嘴啃泥,这是她最不希望发生的事情。因此,她努力向后倾斜,以至于有两次因过于向后倾斜而失去了平衡。

第一次十分尴尬,她尖叫着从厚厚的落叶上滑出去一米左右,然后滚了一下才停住。弗雷泽伸手去拉她起来,本是想开个玩笑,但看到她的表情,立刻知趣地背过身去了。

第二次则非常不同,更危险。当时已经是下午的晚些时候了,他们刚刚竭尽全力爬上一个小山顶，亚马逊已经筋疲力尽，双腿好像是刚做了手术，被塞满了棉花糖一样的东西。

在山顶的最高处，没有任何树木，只有低矮的灌木和像砂纸一样粗糙坚硬的草丛。到达山顶时，亚马逊停了一下，想看看风景，其他人从后面绕过来继续向山下走去。

亚马逊加快脚步想追上大家，可突然间脚下一滑，仰面滑倒在地。还没来得及喊出声来，她就撞倒了弗雷泽，紧接着，弗雷泽又撞倒了德尔苏。他们三个躺在松散的落叶上滑了出去，鲍里斯狗激动地拼命大叫起来。幸好马克哈从陡峭的山坡上截住了他们，使他们得以幸免于难。

他转过身来，困惑地看着他们，好像在说："这几个年轻人到底是怎么回事？"然后把他手里的家伙斜插在地上，挡在他们滑来的方向上。

德尔苏、亚马逊和弗雷泽撞到了木棍上。

亚马逊想，真是不可思议，一个如此羸弱的老人看上去根本不可能救下他们三个人，但是，他站稳粗壮的双腿，喉咙里咕噜一声，就把他们三个都救了。

马克哈什么都没说，平静地继续向前走去。

摔成一堆是增进友谊的好办法。突然间，弗雷泽和亚马逊感觉跟德尔苏的关系近了很多，尤其是他似乎并不介意被他们撞翻在地。他笑着拉起他们。

"我想起来一个俄罗斯笑话，那是我在莫斯科寄宿学校听来的。"德尔苏说道，"两个男人在树林里走路，其中一个掉到一口老水井里了。另一个跑过去冲着黑黢黢的井口大声喊道：'我的朋友，你能听见我吗？你还好吗？''是的，'朋友回答，'我能听见你。''你伤得厉害吗？有没有骨折？''不，我伤得不厉害，应该也还没骨折。''谢天谢地！井底的情况是什么样的？''我不知道。'那朋友回答，'我还在往下掉呢。'"

停了一两分钟，亚马逊和弗雷泽才明白这个笑话，他们一起哈哈大笑起来。然后，三个人又迈着沉重的步伐，跟在马克哈身后继续他们的征程。

38
旅人的休憩

到了下一个山头,大家不得不停下来休息了。他们放下肩上的背包,找到块岩石坐了下来。鲍里斯狗蜷缩成乱糟糟的一团,立刻呼呼大睡起来。

展现在亚马逊眼前的景色实在是壮观。眼下是夏末,有些树叶已经变成金色,在阳光的映射下显得格外耀眼,在天边处跟天空融为一体。

"太迷人了,是吧?"弗雷泽说着,坐到亚马逊身边,"我读了好多好多关于这里的资料。在这儿你能看到三种不同的森林。在山谷最下面,你会看到一类喜欢潮湿和沼泽的树木——往下看,看到那些瘦高的白杨树和下垂的柳树了吗?"

"哦。"亚马逊应付着,她太累了,什么都听不进去,但这并不能阻止弗雷泽继续讲授他的微课程。

"在山坡略高一点的地方,就是所谓的满洲阔叶林了。有枫树、桦树和榆树,跟我们在欧洲和美洲看到的一样,但是还有水曲柳、蒙古橡树、阿穆尔软木树和其他独特的树种。"

"哦。"

"再看那儿,接着往上面一层,那里就都被常青的松树、冷杉和云杉占据了。俄罗斯人称之为黑暗的北方针叶林。这种森林几乎覆盖了西伯利亚以北的绝大部分地区,而且,那儿是棕熊和狼等猎手的王国。"

"哦。"

"然后,在最上面,就是咱们现在待的地方,这儿太高了,长不了树,所以你只能看到长着一丛丛草的高山草原……"

"哦。"

要是亚马逊没那么累的话,她会非常享受这节课程和眼前的美景的:辽阔的森林无边无际,在他们的脚下翻滚起伏,好似波涛汹涌的绿色海洋。

唯一美中不足的是,浓烟形成的一道黑线,破坏了眼前的美景。而且,远处燃烧着的红色火焰还在向东方蔓延。

"没准儿可以再试试这玩意儿。"弗雷泽边说边打开手中的无线电接收器。

他把天线高举过头顶,一点一点地调整着方位。

"还是什么都没有。"他叹了口气。

"豹子身上的发射器会不会有故障啊?"亚马逊问完,从背包里拿出一瓶水大喝了一口。

"不会。更有可能是地势的原因,无线电波无法穿透岩石。"

德尔苏以他惯常的谦逊、礼貌的方式走了过来。

"我祖父说咱们必须加快速度了,差不多应该着手搭帐篷准备过夜了。"

于是,他们又开始大步向山下走去——依旧沿着野猪走出来的那条小路,看不见的豹子走的也是这条路。

现在他们置身于森林之中,而不是从上面俯瞰风景了。亚马逊禁不住对这片森林有一点儿失望。有关这类地方，她的知识大多来源于电视纪录片，因此，她期待着一个生机盎然、五彩缤纷的世界。

当然，她知道不大可能在这里看到猴子在树木间悠来荡去，极乐鸟在枝头一展风姿。但是，也不至于除了阴暗沉寂的树木，就是又大又丑的蚊子、马蝇以及非常细小却更令人讨厌的小飞虫。而现在，白昼将尽，蚊虫比任何时候都猖狂了。

她停下脚步，从背包里掏出驱虫剂。

弗雷泽看到亚马逊停下来了，于是招呼前面的向导们等一下。

"那些看不见的东西是害虫，不是吗？"他以他惯常的友好而开放的态度说着，"可至少这儿还没有水蛭。曾经有一次，有一条像蛇那么大的水蛭吸在我脖子上，我甚至都没觉察到，因为它们会往你身体里注射麻醉剂……"

亚马逊极度憎恨水蛭，甚至连想都不能想。她想转移话题，这时，她突然看到了什么东西——在弗雷泽身后几米远的灌木丛中，闪过一道金灿灿的毛皮。

就在那儿！

又出现一道同样美丽、热烈、致命的色彩。

这东西很大，至少有两米长。在这个森林里，只有一只如此庞大的金色动物。

亚马逊立刻想到：天哪！我们在寻找豹子，可老虎先找到了我们。

39
世界上最大的黄鼠狼

弗雷泽注意到亚马逊没有在看他,同时她的脸因恐惧而僵住了。他轻轻转过身去看她盯着的物体,和她一样,弗雷泽立刻想到了那只大猫。

他开始向后退,然后,他停下来,笑了。

"是什么?"亚马逊轻声问道。

弗雷泽把手搭在她的肩膀上,趴在她耳朵旁小声说:"没关系,靠近一些看。"

她又定睛一看,才意识到刚才看到的不是一只巨大的食肉动物,而是两只小一些的动物。

然而,"小"只是一个相对的形容词。那两只动物是亚马逊见过的最大的,也最漂亮的黄鼠狼,它们的身体金灿灿的,腿和尾巴是可爱的坚果棕色。它们像狐狸一样大小,但浑身都充满了所有黄鼠狼家族成员都有的那种忙于捕食猎物的能量。

"那是黄喉貂。"他轻声说。

"什么?你怎么知道的?"

"嘿!世界上的哺乳动物,我都了如指掌!"

"噢。危险吗?"亚马逊问道。

对着两个跟她胳膊差不多长的家伙,提这样的问题似乎有些奇怪,但是黄喉貂看上去确实一副无所畏惧的样子。

"有可能。一群黄喉貂会攻击人类，有这样的例子。"

"你是故意气我吗？"

"这次不是。可这俩家伙看上去好像是找到什么油水了，逊妮儿。"

很明显，就连亚马逊都看出来了，这两只黄喉貂正在追踪什么东西。它们长长的脖子扭来扭去，鼻子在地面上嗅着，动作敏捷地跳来蹦去。很快，它们就跑开了。

与此同时，鲍里斯狗跑到亚马逊身边。它也瞥见了貂，但它一直等到它们跑开，确定环境安全后，才决定出来刷一下存在感，假惺惺地粗吼了一声。

德尔苏和马克哈也跟在狗后面过来了。

"黄喉貂。"弗雷泽急吼吼地说，"我猜它们是闻到什么东西了。"

德尔苏把话翻译给马克哈，他们商量了几秒钟。

"咱们得尽快跟上去。"德尔苏说，"貂很可能已经发现了被豹子捕杀的猎物的气味了。但不能带狗去，会吓到豹子的。"

亚马逊看着鲍里斯狗，她不想把狗捆起来，那样相当于把它交给周围那些猛兽。

"好，鲍里斯狗，你听着，好好听着，你不能跟我们一起走，你必须待在这儿。听明白了吗？待在这儿！"

鲍里斯狗看着她，流着口水，摇着尾巴。

"德尔苏，'待在这儿'用俄语怎么说？"

德尔苏耸了耸肩："Os-tay-sya。"

"Os-tay-sya！"亚马逊用严厉的语气命令道。

令她惊讶的是，鲍里斯狗马上趴到了地上，伤心地把头放在前爪上。

"嘿，你对付动物还真是有一套。"弗雷泽说。

四个人一刻不停地去追赶那两只金色猎手。

这还是他们第一次偏离那条小道，走入荆棘丛生的森林里。荆棘划破了他们的衣服，野蔷薇、悬钩子缠绕在他们的四周，脚下的树根时常把他们绊倒。在亚马逊看来，他们似乎无法追上那两只动作迅捷而又难以捉摸的动物——它们就像穿过树林的阳光一样不停跳跃着。但是每隔一段时间，他们就会从满眼绿色中瞥见那抹令人放心的金色，从而知道自己仍然有机会。

马不停蹄地追踪了十五分钟后，马克哈慢下脚步，随后蹲在一棵倒在地上的长满了青苔的大树后面。亚马逊站在他身后，觉察到这位老人竟然也开始气喘吁吁了。但是，就在那里，在一小块空地上，他们追踪的对象停下来了。

40
猎杀现场

弗雷泽之前已经见识过各种各样被猎杀的动物，因此他不会感到意外。可是，亚马逊还从来没有见过这种死亡场面，如此鲜红、如此血腥，密密麻麻的黑色苍蝇在空中乱舞。

此外，还有那气味——令人作呕，却又好像带着一丝腐烂的水果的甜味。

亚马逊向后退了一步，胃里开始翻江倒海，眼睛却被吸引住了。而且，她内心深处非常清楚：如果想成为一名真正的追踪者，准备从事拯救地球上的动物这一重要工作，这类事情是她必须习惯去面对的。于是她咬紧牙关，把妈妈那条领巾围在脸上，盖住鼻子和嘴巴。

那是一只母梅花鹿的尸体。母鹿漂亮的斑点皮毛——那也是仅存的物质了——在午后的阳光下显得更加斑驳。亚马逊可以清楚地看到母鹿细长可爱的脖子上血淋淋的痕迹——尖利的牙齿紧紧咬住了它的脖子，慢慢扼杀了它的生命。

尸体的后半部分差不多全被吃掉了，现在，两只黄喉貂急急忙忙地钻进那血淋淋的肉体里，吃得酣畅淋漓，顾不上吭一声。

德尔苏对着她耳边轻声说道："这是豹子的猎物。你看，豹子都是从这个部位开始吃的。"德尔苏一边说一边拍了拍自己的屁股，"它还会回来接着吃的，到那时候，你就有机会用你的玩具枪了。"

弗雷泽已经打开了X-雅克的盒子。

"这可不是玩具，我的朋友。"他不带丝毫恶意地反驳道。

弗雷泽小心地装上一支箭头，把它插进枪膛，枪膛与枪后面的枪托是直接连通的。然后，他像抚摸小狗一样来回轻抚着X-雅克，最后把枪交给了亚马逊。

她惊讶地看着他。

"事实是，逊妮儿，我瞄不准，兴许连我自己的命都救不了。而这可能是咱们唯一的机会。"

她本想再跟他争辩一下，说这是他的枪，但是，他们两个心里都非常清楚，弗雷泽说的是事实。而且，他们最首要的事情是完成这次任务。她握了握弗雷泽的手臂，接过X-雅克。

弗雷泽手里至少还有个照相机。

"还没什么人拍到过正在猎杀的远东豹。"他拿着那个贵重的设备说，"说不定还能卖几张照片给《国家地理》呢。"

亚马逊检查了一下X-雅克的准星。她瞄准那头死鹿，快速地开、关了一下激光准星。仅仅是这样一个小小的动作，却好像还是惊到了黄喉貂。它们把头从鹿屁股里探出来，伸长脖子，四下看了看。

亚马逊立刻意识到并不是激光吓到了它们——那时候它们正在死鹿的身体里呢。

是什么东西来了！

"准备好了吗？"弗雷泽的问话有点儿多余。

"当然，准备好了。"亚马逊透过脸上围着的领巾小声回答道，

"你以为我在干什么呢?涂指甲油?"

她的眼睛死死盯着茂密的灌木丛,那儿传来了沙沙的声响。不过又好像有点儿不对劲儿,声音是从他们上方传来的。她抬头一看,果然,前方有个影子,正推开树叶向这边靠近。

亚马逊立刻想到,豹子很可能会从树枝间穿过来。豹子不是顶级的攀爬者吗?

可是,树上那个又大又黑的影子看上去又不是那么像……豹子。它太笨拙了。

太吵闹了。

太黑了。

感觉它更像是一只大猩猩或是一只……

"熊。"德尔苏说,"黑熊。"

"咦,"弗雷泽说,"我知道黑熊会爬树,可在美国它们一般不会像这样在树尖上四处转悠,像黑猩猩……"

"这里的熊害怕老虎,所以它们基本都生活在树上。"德尔苏说。

这个时候,黑熊笨拙地向后倒着爬下树干,看着就像一个穿着毛皮大氅的胖男人。

随着最后一跳——说实话,与其说是跳,倒不如说是掉——它在离鹿不远的地方着陆了。

"哦!太棒了!"弗雷泽说,"这是一只亚洲黑熊,从它喉咙那里长着的白围兜就可以分辨出来。"

"危险吗?"亚马逊怀疑地问道,她想起弗雷泽是怎么介绍那两只小得多的貂的。实际上,空地上那两只动物看上去还蛮友

好的。

"一般说来，它们对人类没什么威胁，除非你去招惹一头母熊和它的孩子。或者，它特别特别饿……"

在他们的目光中，这只大毛孩似的黑熊摇摇晃晃地向死鹿走去。

两只黄喉貂冲黑熊露出尖利的牙齿，发出刺耳的尖叫声。但它们完全不是黑熊的对手。而且，不管怎么说，它们已经吃饱了。尽管肚子里塞满了鹿肉，但它们的动作还是一如既往地流畅而优雅，转眼溜进灌木丛消失了。

现在轮到这只老黑熊坐下来享受它的晚餐了。它把大脑袋挤进鹿的身体里，像没牙的老头喝汤一样，咕噜咕噜地吸溜起鹿肉来。

马克哈跟孩子们一样饶有兴趣地看着眼前的一幕，但是突然间，他的表情从专注变成疑惑，接着，令人惊愕的事情发生了。德尔苏正要跟他说什么，可这位捕猎者用手掌捂住了他的嘴。

41
棕色巨兽

亚马逊和弗雷泽诧异地看着德尔苏,还没来得及问他到底发生了什么事,他们自己就已经看到了——一个毛茸茸的庞然大物,正摇摇晃晃地从空地那边走出来。

亚马逊虽对熊没什么研究,但也能看出来,这只熊跟那只邋邋遢遢的老黑熊不可同日而语,它自带一种不可名状的威严。这个新来的家伙硕大无比,肩胛骨之间隆起大块大块的肌肉。每只熊爪都像一根巨大的狼牙棒,还长着又长又弯的刀片般的指甲。这只熊慢慢将头垂向地面,这更给它增加了一份威严。

这是一只著名的乌苏里棕熊——灰熊的近亲,但可怕的程度远甚于灰熊。它也闻到了肉味儿,专程过来享用。看到了那个黑色的冒牌货,它威武地咆哮着冲了过去。

它冲刺的方向刚好对着那棵倒下来的大树——也就是亚马逊、弗雷泽、马克哈和德尔苏藏身的地方。这种情形下,对亚马逊和弗雷泽来说,面不改色是不可能的事,就连大树后面那个足智多谋的老猎手以及他的孙子,也都向大树下蜷缩紧了身子。

老黑熊只顾埋头享用它的大餐,根本没有注意到对手的靠近。大棕熊像驱赶晚餐碟子上的苍蝇似的,挥舞着它那巨大的爪子,一巴掌就把黑熊扫到了一边。黑熊吭都没吭一声,就拖着一条受伤的后腿,慌忙离开了。它径直朝着隐藏在树后的四人走过来。

没人知道接下来会发生什么。黑熊很可能会感觉颜面尽失而拿人出气；它也可能在从四人身边经过时猛地挥舞它那令人过目难忘的大爪子。

更糟糕的是，它可能会以某种方式把那只棕色巨兽引到他们藏身的地方来。幸运的是，在最后一秒钟，黑熊突然想起成年的棕熊因太过笨重而不能爬树，所以，最安全的办法是爬到树上去。

黑熊怒气冲冲地低吼着，以惊人的速度迅速爬进安全的红松枝干里，从而远远离开地面，逃之夭夭。

棕熊用两条后腿直立着，察看着这块空地。它站起来足有三米多高，宛如冷酷的棕色食人怪兽。

马克哈拉了一下德尔苏。

"咱们走。"德尔苏说。

亚马逊没有任何异议。黑熊很可笑，令她颇感兴趣，棕熊却让她紧张得浑身颤抖。

然而，弗雷泽突然决定要拍张照片。当棕熊缓缓向死鹿移动时，他对准焦距按下快门。

棕熊立刻停了下来。弗雷泽听到马克哈在轻轻嘘他，看到熊耳朵像雷达天线那样转了一下。马克哈用手势示意大家一动也不要动。任何声响都可能引得棕熊过来察看，它一旦靠近，那就不能保证每个人都完整无缺了。

一只小心谨慎的熊也许会更仔细地检查一下空地四周的情况，但这只熊是整个俄罗斯远东地区最大的熊，没有什么能让它畏惧。况且，它也太饿了。所以，它大大地喘了口气，坐在鹿的身边大吃特吃起来。

"现在马上撤。"德尔苏说。于是，他们像刺客那样匍匐着离开了。

42
营地

"我们必须去尽可能远的地方扎营。"德尔苏说道。这时候他们已经远远离开棕熊,棕熊肯定听不到他们的声音了。马克哈看上去忧心忡忡,这让亚马逊觉得有些不可思议,毕竟前一天晚上他都制服了老虎。

"我同意。"弗雷泽说,"那是我见过的最大的熊。"

"我们族人更怕这种熊,它们比安巴还要厉害。"德尔苏说,"这儿的老虎跟印度的老虎不一样,它们很少吃人。它们只有在被追捕或受到伤害时才会攻击人,从来不会因为要寻找食物而杀人。棕熊就不一样了。它们很聪明,会捕杀任何它们想吃的东西,而有的时候它们想吃的就是人。"

马克哈很快就找到了之前走过的那条森林小道。他们看到了鲍里斯狗,它在原来留下的那个地方睡着了。又经过半个小时的疾行,他们到达了靠近河边的一块平地,这里符合老猎人对露营地的严格要求。

马克哈和德尔苏丢下他们的背包就不见了,德尔苏还拿着一把斧头。在他们回来之前,弗雷泽和亚马逊一起准备生火。弗雷泽让亚马逊试用他的引火钢。亚马逊发现那东西用起来其实很容易,关键是要有好的、干燥的火绒。

很快,德尔苏和马克哈就回来了,他们抱回来满满两大摞杉树枝和修剪得长长的杆子。不到十分钟,他们就搭起一个棚子,棚子有一面敞着,上面用冷杉树枝作屋顶,地上铺了更多的冷杉树枝,搭成一个厚厚的有弹性的床垫。

亚马逊看着弗雷泽:"我还真没想过咱们要在什么地方睡觉。咱们是不是也应该搭一个那样的东西呢?"

"嗯,那可能会更好一点,我觉得。除非你不怕虫子。"

黄昏是吸血鬼寻找猎物的大好时光,成群结队的蚊子和蠓虫已经发现了他们。尽管喷了驱虫剂,亚马逊还是感到被蚊虫叮咬的地方开始发痒了。

"当然了,"弗雷泽接着说,脸上一副似笑非笑的表情,"如果那只老黑熊碰巧从这儿经过,看见你躺在那儿,它可能会决定来一顿加餐……"

"这一点儿都不可笑,弗雷泽!你竟然没告诉我要带帐篷,就让我到这种地方来,真是难以置信……"

"好了好了,那我也太蠢了,不是吗?"

接着,弗雷泽把手伸进背包里,从里面掏出一个薄薄的布盘。他用手轻弹了一下,小布盘砰的一声打开了,两秒钟前还空无一物的土地上,突然奇迹般地出现了一个整洁的小帐篷。

"非常好。"亚马逊说道,"那我的呢?"

"我不得不跟你说,逊妮儿,这是一个双人帐篷。"

"不可能!"

"可能。除非你想跟虫子、狗熊一起在外面过夜……"

亚马逊气得直哼哼,但不再争辩什么。

半个小时后,四人围坐在篝火旁边,一起吃一种豆子和大米炖在一起的食物，没有太多的古怪的味道，这让亚马逊松了一口气。

年轻人聊天的时候，马克哈一直在盯着篝火看。终于，他开始说话了——但在亚马逊看来，他不是在对他们说话，而是对着篝火说话。德尔苏帮他翻译，神奇的是，两个声音混在了一起，让亚马逊和弗雷泽感觉好像只有一个人——就是那位老人在说话。

43
杀戮熊的故事

"六十年前,我还是个小男孩,那时候,山谷里有很多朝鲜人的村子。之所以知道他们是朝鲜人,是因为他们非常干净整洁,房子都刷成了白色。

"我有一个朋友住在其中的一个村子里,名叫多莉亚,那时候我跟她经常一起玩儿。我爸爸卖野生人参给朝鲜人,所以我认识那些人,也知道那个村子。后来那儿发生了很可怕的事情。多莉亚是我一个很特别的朋友,尽管他们族人不让她跟我这样的'野蛮人'一起玩儿。

"言归正传。那是冬天将要结束的一天,村子里的一户人家正坐在一起吃晚饭,忽然听到有人在敲门。男主人姓申,他让太太去看看是谁在敲门。接着,他听到一声尖叫,看到自己太太已经被熊掳走了。

"他立刻拿枪去追那只熊,一直追进了森林里。他沿着雪地上熊的脚印和血迹追了两个小时,终于找到了那只熊。他开枪射击,可枪太旧了,开火的时候枪膛爆炸了,他被击倒在地。他醒过来的时候,发现四周都是熊的脚印——熊围着他转了好几圈。他不明白熊为什么没杀死他。

"当他回到家里时,发现熊已经在他之前回到他家,杀死了他的两个孩子。于是他明白了,这只熊是一个恶魔,它放他活着,只为让他亲眼看到自己的孩子被杀死。

"接下来的两个星期,全村人都为死者哀悼。就在葬礼的最后一晚,熊又回到了村子里。它撞开一户人家的大门,里面有两个女人。女人们用锅碗瓢盆等所有她们能找到的东西与熊搏斗,但是双方力量过于悬殊,最后,熊把其中一个女人伤害致死,把另一个女人带到森林里去了。受伤的女人临死之前把发生的事情告诉了村民。

"于是,村里的头领跑到城里请求帮助,警察局长告诉他会马上派人去。但在回村的路上,头领被熊吃了——至少人们是这么说的,因为大家再也没找到他。当然,他也可能是因为羞耻或恐惧而逃跑了。

"警察总算来了。可是,不到一个星期后,熊又杀死了一个在家门口玩耍的男孩。男孩的妈妈曾警告他不要出去,可是男孩觉得太无聊了——男孩子们都会这样。

"五个警察去追捕熊,很多村民也跟着警察一起去了,他们有的带着枪,有的拿着干草杈和镰刀。有一个人甚至把祖先传下来的剑也带上了。当人们都离开村子去森林的时候,熊再一次回到村子,杀死了一个瞎眼的男人,还有那个小姑娘多莉亚——就是我的朋友。

"警察从森林里回来,看到发生的一切,就都跑了。他们说那只熊果真是一个邪灵,杀不死。

"就在那时候,我爸爸和我到达那个村子,我们一直在林子里挖人参,根本不知道熊的事情。一听到我的朋友多莉亚被熊杀死了,我就大哭起来。我还记得我爸爸训斥我怎么像个小孩子。然后,他叫上那个姓申的男人,我们三个一起走进林子里。我爸爸一直追踪那只熊,最后我们到达一个山洞前,洞口有好多骨头,有鹿和麋子的骨头,甚至有老虎的骨头,还有一些被熊吃掉的人的骨头。

"我爸爸在洞口点燃了一堆柴火,把他自己的步枪交给了申。当浓烟把熊从山洞里逼出来的时候,申开枪击中了它。

"可是,尽管子弹已经射进了熊的胸膛,它却没有死。熊被激怒了,挥舞着爪子拍死了申。我爸爸说这是好事,因为申早已不想带着对家人的思念以及对熊的暴行的记忆活下去了。

"这时候,熊用两条后腿直立起来,站在我爸爸面前,期待着我爸爸会在它面前吓得发抖,因为熊最喜欢向敌人灌输恐惧。但是我爸爸毫不畏惧。

"相反,他对那只熊说:'熊,你在这儿做的事太邪恶了,这已经超出了你的本性。现在,带着申先生射进去的子弹离开这里,这样,你就会记住你造的孽。离开这片土地,去别的地方,只许吃坚果、水果和腐肉。做到这些,我就饶你一命。另外,你还可以活得比其他熊都长,直到我儿子马克哈死的时候,你才会死。否则,我会杀了你,你的灵魂将被诅咒,一直受折磨,直到永远。'

"熊听懂了,离开了那个地方,再也没伤人。

"我爸爸把申的尸体和其他人的遗骨带回村子里,让村民们埋葬了。

"这些都是真事,有些是我目睹的,有些是那些亲身经历过的人告诉我的。"

德尔苏翻译完最后一句话，营地陷入一片寂静，河水似乎都安静了下来。弗雷泽想说点什么，但又不知道该说什么好，而且，在内心深处，他也知道，有时候说什么都不合适。

44
熊与老虎

棕熊快把鹿肉吃完的时候，安巴发现了它。安巴曾经猎杀并吃过很多熊——多半是那些犯了错的黑熊，它们没有安全地待在树上，而是跑到地面上活动；偶尔也有一些棕熊，有些是趁它们在熊窝里打盹儿时逮到的，有些则是埋伏在树林里捕到的。

这只熊太大了，而且，它身上除了安巴以前领教过的东西外，还有某种古老的、令人畏惧的东西。但安巴不是胆小鬼，它要毁灭所有敌人。

它对付熊的办法是猎杀红鹿方案的修正版——加倍小心去应对一只由尖牙利爪武装起来的另一种巨型食肉动物，而不是一只战斗力极低的食草动物。它会从下方发起攻击，咬住敌人的喉咙，使其窒息，让这只危险猎物的生命渐渐消失殆尽。

于是，安巴竭尽全力，蹑手蹑脚地跟踪那只棕熊。

熊很不高兴，这么多年来，它一直都吃不饱。不知为什么，那些浆果、坚果以及半腐烂的肉都不能满足它那空荡荡的胃，以及它那空虚的灵魂。

它隐约还记得从前的幸福时光。那时候，它常享用丰盛的大餐，肉是新鲜的，血还是温热的，那种愉悦的感觉……可现在，每天都好像蒙上了一层灰，生活失去了意义。而且，它每天都觉得很冷。怎么会是这样呢？树林里还是夏天啊！要是大雪来了，它得冷成什么样啊？当然了，它肯定是要睡一个长觉的，可万一它提前醒过来怎么办？那时候还是天寒地冻啊！

好多年前就曾发生过这样的事。它提前醒过来了，觉得特别特别饿，然后……它那业已老化的大脑彻底糊涂了。如果它的脑子没这么糊涂，它肯定早就感觉到安巴正在靠近或者闻到老虎的气味了。

安巴的耳朵平贴在脑袋上，尾巴低低地左右摇摆着。

十米。

六米。

安巴停了下来，每块肌肉都绷得紧紧的，像钢铁一样硬实。

它纵身一跳，可后爪钩进地面，折断了一根树枝。

正当安巴的血盆大口准备收拢去咬熊的喉咙时，熊转身朝声音的方向转过头去。结果，安巴的牙齿咬进熊肩膀上那坨巨大的肌肉里。熊站起来一巴掌甩过去，一口咬住了安巴，把这个大块头猛地抛到空地上。

安巴现在跟熊处于同等危险的境地。如果熊用那可以咬碎一切的大嘴咬住它的话，安巴势必一命呜呼。

可安巴除了牙齿外还有其他武器——像寿司刀一般锋利的后爪。此时它就用凶狠的后爪猛扒大熊的肚皮。爪子深深刺进熊皮，在熊最脆弱的部位撕开一道巨大的伤口。

熊受伤了，伤得非常厉害，安巴知道自己占了上风，眼下正是给熊致命一击的时候。它松开了咬在熊肩膀上的牙齿，准备一口咬进熊的喉咙。

它错了。

如果它一直咬住肩膀不放，同时用爪子继续扒熊的肚皮，熊很快就会精疲力竭，死于失血和休克。

然而现在,安巴松了口,而熊刚好还有足够的力气甩出最后的一巴掌。熊把长久以来积蓄的所有能量和气力都融进这一击,巨大的力量将安巴抛回空地。而且,熊鼓足了全身所有剩余的力气,咆哮着冲向老虎。

而安巴,气喘吁吁、遍体鳞伤,这不是它所预料的战斗,于是迅速从这只怒吼着的棕色怪兽面前逃走了。

熊没有追出太远,它受到了致命的伤害。熊拖着疲惫、流血的身躯回到自己的巢穴——那是在一棵老橡树树根之间的干土地上刨出来的洞穴,这棵橡树比熊还要老。它躺下来,舔舐着身上细小的伤口和那几道被深深撕裂的大伤口。

在它舔舐胸口的时候,一粒子弹掉了出来——老虎正好咬到了子弹一直待着的地方。

子弹从熊的身体里掉下来,那长久的疼痛也瞬间从它身体里消失了。最后,这只乌苏里巨兽合上了它的黑眼睛,安睡过去——从今往后,它再也不会被那个旧梦所烦扰了。

再看看安巴的情况吧。老虎的肉体仍非常结实,然而这一回,跟前几天的那颗子弹一样,它的自尊心再次受到伤害——这种伤害远远超过了身体所受的伤害。

它恼羞成怒。现在,它满腔绝望地独自穿越森林。突然,它停了下来。

有一股气味……

一股淡淡的,但确实存在的人的气味。它立刻识别出其中一股气味——那个人类小女孩儿的气味。

它掉转方向,开始去追寻那股气味。

45
森林之夜

营地一片寂静。在那个小小的帐篷里，亚马逊和弗雷泽躺在各自的睡袋里。地面很不平整，亚马逊不得不辗转反侧，想调整好姿势让自己睡得舒服一些。有过丰富野营经验的弗雷泽更适应这种生活，此时已经处于进入梦乡前昏昏欲睡的舒适状态：美好的念头就像夏日晴空飘浮的白云那样，在你的脑海里飘来飘去——前提是如果你足够幸运的话。

这时候，亚马逊听到一阵奇怪的噪声，一阵伴随着嘎啦嘎啦作响的嗡嗡声。她用胳膊肘儿把弗雷泽捅醒，两个脑袋钻出帐篷。

老猎人坐在篝火旁，他一只手握着一根棍子，上面贴着一排由绳子穿起来的贝壳。就是这根棍子发出的嘎啦声。他另一只手握着一个铃鼓似的东西，用嘴对着它唱歌——那奇怪的、令人不安的、嗡嗡作响的声音正是这个东西发出的。他往火上撒了更多的喇叭茶叶，空气里弥漫着醉人的芬芳。

亚马逊注意到，马克哈和火之间，还有个瘆人的蓝眼睛小木头人——卡萨良库。

这时，马克哈拿出他的猎刀，那是一把纯木手柄的长刀，上面没有任何镶嵌或装饰。他小心翼翼地用猎刀从火中挑出一些红通通的火炭。很快，刀刃上出现了四个均匀的橙色小光点。只见老猎人站了起来，依然用长刀托着那几块火炭。他按顺序在营地四周等距离的四个点上各放上一块火炭,每放一块,都用他们的语言呼喊一个词。

亚马逊疑惑地望了望德尔苏,他正蹲在那个开放式的棚屋里。

"这是为了防御。我爷爷担心那只棕熊或者安巴今天夜里会到这里来。不过现在他已经做完了法事,我们都会安全的。"

奇怪的是,这番话并没有使亚马逊感到十分放心。

"弗雷泽?"她说。

"什么?"

"你的X-雅克准备好了吗?"

"准备好了。"

"那就好。"

46
安巴撤退

安巴知道自己已经很近了,人类的气味已经很浓了。可是,又出现了另一种气味,一种它很不喜欢的味道——那种气味令它原本感觉敏锐、注意力集中的头脑变得昏昏沉沉。

它蹑手蹑脚地靠近营地。老虎通常用气味来标记各自的领地,也会根据气味追踪目标,但它们最主要的狩猎感官还是视觉。而现在,即使漆黑一片,安巴也完全能看见弗雷泽和亚马逊住的帐篷以及那个草棚。

是时候了,它知道,该跳出去了。它展开爪子,试图让它们展现出最大的能量。一般说来,这是让这个老刺客最兴奋的事情。可现在却不同以往。

那股气味。

那个能看穿它灵魂的老人。

不好。

它又一次遭受挫败,而且,再一次被迫撤退回到树林里。它对食物和复仇的欲望又一次没能得到满足。

47
信号

"嘿,伙计们,你们可能不相信,但是……"

第二天早晨,他们用煮沸的河水沏好了甜茶,就着甜茶把能量棒冲下肚,解决了早餐。然后,弗雷泽决定再试一试无线电接收器。

一打开开关,接收器几乎立刻就发出了哔哔声,控制面板上的LED指示灯也亮了三个。

德尔苏把这种情况告诉了马克哈。马克哈耸了耸肩,并没有显得很高兴,但也不反对跟着这个电子仪器追踪下去。

接下来的路变得异常艰难。到目前为止,除了马不停蹄地跟在黄喉貂身后追逐的那一段路外,他们都是沿着林中小路前进的。有些小路是野猪、鹿、老虎等动物走出来的,有些则是长久以来一直住在这里的俄罗斯人、朝鲜人、中国人以及乌德盖人走出来的。甚至在一千多年前乌德盖人还没到来时,这片土地上就有了最早的住民:尼夫赫人。

可现在,这些蜿蜒的小路已经被抛在了身后,他们正在竭尽全力走直线向目标靠近。

这意味着他们必须从那些倒在地上的巨大的树木上爬过去,而那些树木有的已经腐烂,一碰就碎,有的表面布满滑溜溜的苔藓和地衣;意味着要跨过那些水流湍急的小溪;意味着要不停地爬上爬下，在不同层次的森林之间上下穿梭。

此外，大如拇指指甲的马蝇以及长着黑白条纹、像战斗机一样有着三角形翅膀、长相邪恶的鹿蝇也不断对他们发起攻击，令他们筋疲力尽。被这两种飞虫叮咬过后，皮肤上都会留下可怕的肿块，那种痛苦是被蠓、蚊、蚋叮咬所无法比拟的。

当他们在林中小路上行走时，看上去好像永不疲倦的马克哈，现在也掩饰不住他的年龄了。翻越那么多横在地上的大原木、跳过那么多湍急的溪流，这对老人来说越来越艰难，他的孙子要不时停下来帮助他，而亚马逊跟弗雷泽也要停下来等候。

亚马逊还想到了另一重因素：很有可能马克哈觉得现在已经不由他领导这支小分队，从而失去了前进的动力。

弗雷泽完全把注意力集中在追随信号上，根本没有察觉到周围人的情况。他一直把天线高举过头，目不转睛地关注着控制面板，以至于不止一次跌倒在地。信号强度有时降到只有一两个亮灯，也曾经一度完全消失，但每次他都能重新找回强信号。

"咱们已经离得很近了。"他对疲惫不堪地跟在他身后的组员说道，"我认为豹子就在橡树林里。"

鲍里斯狗也是这么认为的。它判断现在正是逃跑的绝好时机。亚马逊想要抓住它的项圈，可这只狗跑得太快了。

"跑得正好。"弗雷泽说。

48
猛虎出击！

稍早一些的时候，安巴终于发现了它苦苦寻觅的死对头。

在那儿，就在它前方，是那只母豹子和它的两只豹崽儿。

是的，母豹子以为自己很聪明，一直躲着它。那个窝确实是个好窝：在一个中空的落叶松树干里，那棵树虽然现已倒在地上，但仍能看出曾经的威武身姿。哼，现在它找到母豹子了，还有它那两只喵喵叫着在阳光底下玩耍的小豹崽儿。

但是，安巴必须要非常小心才行。豹子是强大的对手，也许它不像一只成年的棕熊那么危险，但仍然能够用它的爪子和牙齿造成严重伤害，特别是——毫无疑问——当它有孩子需要保护的时候。所以，这只诡计多端的老虎没有采用狂野的跳跃式捕杀手段，而是以几乎难以被察觉的速度小心地从灌木丛下爬了过去。

而此时，母豹子非常困倦，它一整夜都在打猎。正常情况下，它的感官十分敏锐，任何一只老虎都不可能在它毫无察觉中接近它。

安巴现在已经很接近了。

它决定这次来一场快速扑杀，迅速咬住母豹子的后脖子——它可不想靠近那些爪子；如果去咬母豹子的喉咙，母豹子就可能用爪子伤害它，就像它自己对熊做的那样。

是时候了。它已经嗅到了母豹子的气味——一股令人恶心的臭味儿。而这个死对头马上就要变身为让它垂涎三尺的盘中美食……

它跳了起来。

一个漂亮的跳跃。

比漂亮还要好——简直堪称完美。

它要用前爪降落，深深地扎进母豹子的双肩，一毫秒后，它的犬齿——那足有十厘米长的尖利的杀人武器——将会刺穿母豹子的皮毛，进而切断其脊椎，使其即刻死亡。

然后，在吃掉那两只小豹崽儿之前，先把它们当作玩具玩耍一番，那将会是多么有趣啊。

但是，就在它将要落下去的那一刻，它注意到这只母豹子身上有一点点奇怪。

然后，莫名其妙地，又出岔子了……

49
极度震惊

马克哈和德尔苏像老虎一样安静地、蹑手蹑脚地穿过森林。弗雷泽和亚马逊做不到像他们那么悄无声息，但也尽可能保持安静。

弗雷泽关掉了无线电接收器的声音，只依靠那几个红色信号灯的指引：现在五个灯都亮了。

亚马逊感觉脉搏在加速，她努力控制着，因为她知道保持镇定是精准射击的最重要因素。她拿着X-雅克，那上面已经装好了一瓶新的二氧化碳罐和一个镇静剂箭头。机会恐怕只有一次，她绝不能错过。

马克哈举手示意，大家都停下来一动不动。只见他转过身来向亚马逊和弗雷泽招了招手，然后小心翼翼地拨开树叶，露出一条缝隙，用短粗的手指指了指前方。

一时间亚马逊什么都看不到。于是她把X-雅克的望远镜准星举到眼前，扭转聚焦环调节焦距。

突然间，她的眼睛对上了另一双眼睛，一双紧闭着的眼睛。

好像不太对劲儿。根本看不到豹子。这时，那双眼睛睁开了——黄澄澄、紧张而怒不可遏。它直勾勾地看向亚马逊，亚马逊这才意识到那不是豹子。

那是老虎。

一只愤怒的老虎，刚刚从断断续续的睡眠中醒来。

一只满脸是伤的愤怒的老虎，仿佛刚刚从一场惨烈的战斗中退下来。

老虎狰狞地咆哮着，向她扑来。

"快开枪！"弗雷泽大喊，他不是从望远镜里看到的，而是用眼睛目睹了事态发展的全过程。

老虎就在二十米开外，正以惊人的速度飞奔过来。

亚马逊根本没有时间思考。

她瞄准了老虎的肩膀，扣动了扳机。

她确信自己打得很准，可是老虎依然在奔跑。

难道她没射中？要是这样的话，后果不堪设想——它正在起跳，马上会落到他们中间，可能就是亚马逊的头顶。可就在这时，她感到自己被猛地推了一下。是弗雷泽。他把她推到一边，自己却暴露在了虎爪之下。

弗雷泽的想法很简单：这是亚马逊的第一次任务，亚马逊在他的保护之下。更何况，无论谁受到伤害，都不能是亚马逊。嗯，他将来可以这么解释。可事实上，当他行动的时候，其实什么都没想，那纯粹是一种忘我的保护他人的无意识行为。

躺在地上的亚马逊看到从马克哈那边闪过一道寒光。他拔出长长的猎刀，瞬间恢复了英雄本色，准备与这恶魔搏斗。

她想要大声喊："不！"她既不想让弗雷泽受到伤害，也不想让老人受到伤害，甚至也不想让老虎受到伤害。但她自己也不想死。

弗雷泽也不想死。他的目光也被马克哈猎刀的光芒吸引过去了，所以，当老虎落在他跟前时，他只看到一团模糊的黑色和金色。他本能地向后跳去，避开老虎的爪子和牙齿，可当他落地时，头磕在了一块岩石上。

在小说和电影里，你经常能看到人的头部被击打后昏迷不醒，可实际上，你很难把一个人砸昏过去，如果你真这么做了，那你很可能已经把他杀死了。

所以，弗雷泽并没有因为头磕了这一下就昏迷不醒，但他确实头晕了几秒，脑袋里闪过极为强烈的光，就像是一场短暂的烟花表演。

烟花消失后，侵入他大脑的是一团沉闷的烟雾，但他是一个斗士,他穿云破雾,不顾一切地胡乱拳打脚踢起来。过了一会儿,他才意识到自己只是在和空气搏斗。

他睁开双眼。

亚马逊和德尔苏正看着他,马克哈则站在老虎的身边,而老虎就躺在自己的脚边。

有那么一秒钟,他以为老人杀死了那只野兽,他如释重负的同时又顿感痛心疾首——他们原本是来救助动物而非来杀死动物的呀!

接着他看到了老虎肩膀上的箭头。

"干得真棒,逊妮儿。"他忍着疼笑着说。

"相信我,"亚马逊回答道,"要是射中你的屁股就能救你一命,我也会这么做的。"

50
在猛兽的肚子里

弗雷泽站起身来,小心翼翼地摸了一下后脑勺儿,那儿肿起来一个鹌鹑蛋大小的包,但没有出血。过了几秒钟,他感觉好些了,大脑也开始运转了。

老虎。

不是豹子。

怎么会?

四人围着这个华丽雄壮的动物站着,它正心满意足(至少听上去是心满意足)地打着鼾。

"我不明白……"他说。但话一出口,他就明白了。

"这是不是说,豹子还在这附近的什么地方?"亚马逊问。

"我有个非常可怕的预感。"弗雷泽回答。

他拿起接收器,把天线指向老虎。他刚把开关拨开,五个红灯一下子都亮了,接收器发出急促的哔哔声。尽管已经知道这意味着什么,弗雷泽还是抑制不住体内近似病态的冲动,把天线一直移到了老虎肚子上。哔哔声不断增大,以至于弗雷泽觉得接收器都快要爆了。

弗雷泽和亚马逊相对而视。

"好了,"弗雷泽说,"咱们找到它了。"

亚马逊的泪水在眼眶里打转:"全白干了。"

静默了几秒钟,德尔苏说话了:

"这只豹子还有小豹崽儿呢。"

"可老虎会不会已经杀死小豹崽儿了呢?"虽然亚马逊的声音里还存有一线希望,但是这希望就像蜘蛛网丝那么脆弱。

"母豹子拼死抵抗来着。"德尔苏指着老虎脸上的抓痕和侧面更深的伤口说,"小豹崽儿有可能跑掉了。如果是这样的话,我爷爷肯定会找到它们的。"

"我们该怎么处置这个大家伙呢?"弗雷泽更像是在自言自语。

"我已经能闻到山火的味道了,"亚马逊说,"如果咱们把它留在这儿,它可能被烧……"

确实是这样,浓烟的味道越来越强了。

"不一定。"弗雷泽回答,"这支镇静剂只能让它在这儿躺半个小时,那时候火还烧不到这里。等它恢复知觉了,它就能离开这儿。杜林斯说过,老虎是游泳健将。"

德尔苏跟马克哈交谈了一会儿,然后转过身来对大家说:"我祖父觉得安巴不会离开这儿的。祖父认为它的灵正渴望复仇。老虎的灵伟大而且高尚,但是一旦被冒犯了,一旦……尊严遭到挑战,那它将会是一个毫无怜悯心的敌人。我祖父说,这就是在他们屋前跟他对话的那只老虎,他并不认为它会宽恕。"

"所以你想说什么?"亚马逊问,她对德尔苏提到的事情感到震惊。

德尔苏耸了耸肩,"我们族人尊敬安巴。但人的生命高于一切,即便是跟老虎那样伟大的动物相比。在我祖父年轻的那个时代,我们族人会杀了这只老虎,然后向它的灵、向大灵、向火灵道歉。可这不是我们族人现在的处理方式。我祖父只是说我们必须小心。"

"我想我们已经说得差不多了。"弗雷泽说着,把已经没用了的接收器塞回背包,"咱们去找那些小豹崽儿吧。"

51
德尔苏的故事

马克哈仔细查看地面,不到几秒钟,他就在一块软泥地上找到了老虎的脚印。他用他们的语言说着些话,亚马逊和弗雷泽不需要翻译就明白了。

"往这边走。"

现在,那个无线电追踪设备被撇在一边,老猎人又恢复了英雄本色。他带领着三个年轻人,在这儿找到一片草叶碎片,在那儿发现一些爪印的痕迹或血迹——虽然马克哈也分辨不出那血迹是不幸的豹子的还是受伤的老虎的。

接着,大约半小时之后,线索没有了。马克哈的搜索行动有条不紊,但他还是什么也没找到。

"有时候会出现这种情况,"德尔苏说,"冬天总是会有线索,可是现在……很难。"

亚马逊看着弗雷泽说:"咱们必须找到那两只小豹崽儿。否则我真没法儿想象。"

在马克哈前前后后仔细查看地面的时候,德尔苏的情绪看上去有些低落。

"我想我应该告诉你们我爸爸的事情。"

"你不是非说不可,"亚马逊说,"我的意思是,如果你觉得讲出来太痛苦的话……"

"是很痛苦，但是很有必要。以前，我妈妈和爸爸很穷。我爸爸靠挖野山参挣钱，可是林子里已经挖不到人参了。他放眼四周，发现我们乌德盖人，以及其他部落的人，赫哲人、乌尔奇人、奥罗奇人，都在死亡线上挣扎。他不想让我像他一样，长大了也还是一个贫穷国家里垂死的民族中的一员。

"他想把我送到莫斯科去上学，将来当一个教师或者科学家什么的。但他必须先去弄一笔钱——一大笔钱。于是，他拿着枪去了森林。我祖父想要阻止他，但没有用。我爸爸找到了一只老虎，他杀死了老虎，把虎骨卖给了外国商人，把虎皮卖给了符拉迪沃斯托克的一名俄罗斯将军，然后用得来的钱送我去上学——尽管我并不想去。

"因为我爸爸干的这些事，我们族人都怨恨他，就连我爷爷也不跟他说话了。因此，他只好搬去符拉迪沃斯托克，把自己的耻辱隐藏在人群中。因为孤独和懊悔，他开始整日借酒消愁。一个冬天的早晨，人们发现他躺在大街上，已经冻死了。

"这就是为什么现在爷爷和我都在努力地保护森林，我们是为父亲的所作所为赎罪。从学校回来后，我学到了很多，也忘了很多，我的爷爷奶奶抚养我，爷爷重新教我森林的规矩。这是我的故事，也是我爸爸的故事。"

亚马逊的眼睛里闪着泪光，她想说点儿什么，但是一个字也说不出来，这个故事太悲哀了。出人意料的是，弗雷泽说话了：

"德尔苏，如果我们每个人都要背负父辈的罪过的话，那我们看上去就都像你祖母一样了。你有你自己的生活要过，在我看来，你干的事情非常了不起。而且，我正好有一个绝妙的主意，你干吗？……"

52
归来与发现

弗雷泽没能说完他那句话,因为这时候,他们听到了一阵沉重的脚步声,接着是窸窸窣窣的吸鼻子的声音。亚马逊首先想到的是,那只老虎可能从沉睡中醒来,重返战场了。但这种恐惧没有持续太长时间。

"鲍里斯狗!"当那只狗走进她的视线时,亚马逊先是叹了一口气,紧接着就难以掩饰喜悦之情,使劲儿揉搓鲍里斯狗的大胖脸,揪它耷拉着的耳朵,对它甩得到处都是的口水毫不在意。

这只胆小如鼠的大狗又回来了,它肯定是觉得还是跟大家待在一起更安全。

"我就知道它是一只没用的狗,"弗雷泽有了个主意,"不过咱们是不是可以让它用湿鼻子闻一闻,找找线索呢?"

"可以试一下。"亚马逊的积极性并不高。鲍里斯狗可不是那种能给人带来希望的狗。

她紧紧抓住狗的项圈。

"那就来吧,鲍里斯,给我们看看你都能干什么。"

鲍里斯狗歪着头,傻乎乎地看着她。

"豹子。"她继续试。

没有反应。

于是,她又发出了一阵低沉的吼叫声,想要模仿豹子的咆哮声。

它还是什么都不明白。

"你没准儿可以试着教这个大笨蛋代数。"弗雷泽抱怨起来。

马克哈看着他们,嘴角浮现了几丝笑意。于是德尔苏告诉爷爷他们在干什么。老猎人笑出声来,接着把手捂在嘴上,发出一声完美的豹吼。

鲍里斯狗立刻反应过来了:它吓得又想逃走。幸亏这次亚马逊紧紧抓住了它的项圈。

尽管弗雷泽的代数课肯定没戏,但他还是决定再试一下。

"不大,"他对狗说,语速非常慢,还张开双臂比画着,"很小的。宝宝。"他双手合拢到一起,努力向鲍里斯狗比画着。

亚马逊大声啧啧起来,这回轮到她来嘲讽弗雷泽了:"你干吗不写出来啊?"她说着,"小,竖钩,点,点……"

很可能只是出于偶然,也可能是狗的某一条脑回路被打通了,突然间,鲍里斯狗确实显得机敏多了。它开始在树林的地面上嗅来嗅去,张开大嘴发出一种独特的呜咽声,比平时流出更多的哈喇子,还不时把亚马逊拽过去。

"没准儿鲍里斯狗本来并不傻。"弗雷泽说。

四人跟着鲍里斯狗走了两三百米,马克哈停了下来,把手放到耳后。大家都注意听着,是的,他们都听到了喵喵声,就是从附近的什么地方传来的。

鲍里斯狗也听到了这个声音,随即恢复到胆小鬼模式。就算只是豹子宝宝,对它来说仍然可怕,它又逃跑了。

如果亚马逊和弗雷泽仔细观察的话,他们应该能看出来这个胆小鬼的行为与之前有微妙的不同，但是他们此时已经全神贯注地去追踪声音了。喵喵声把他们带到了一棵倒下来的大树旁，大树已经腐烂，里面都空了。那声音就是从里面传出来的。

弗雷泽知道，在正常情况下，他们这样做是很冒险的。豹子妈妈为了保护小豹崽儿会不顾一切地杀死敌人，可现在母豹子已经死了，而他们的任务就是救出小豹崽儿。他想都没想就把手伸进空心的树干里，摸到了幼崽柔软的皮毛，这时，他感到手被锋利的爪子划了一下，赶紧把手抽了出来。

"厉害！"弗雷泽说着，苦笑了一下。伤得不算厉害，他舔了一下伤口，然后又把手伸进木洞里面。这一次他比较小心了，一会儿就摸到了小豹崽儿的脖子，掏出一只小豹崽儿。

一看到这个美丽的小生物，亚马逊禁不住惊叹起来。那是一只公豹崽儿，它好像认为自己有义务保护它的姐姐，尽管姐姐比它大，也比它强壮。它嚎叫着，用爪子扑打着弗雷泽，想用它那针尖儿似的牙齿咬弗雷泽的手指。

"给我。"亚马逊说。弗雷泽也正巴不得把这个小斗士送出去。

一到了亚马逊的怀里，它立刻放松了。事实上，它又冷又孤独，非常想念它的妈妈，而且，不知怎的，它觉得这个抱着自己的生物不会伤害自己。

弗雷泽伸手抓到另一只幼崽，这只小豹崽儿喜欢弗雷泽，就像它的兄弟喜欢亚马逊一样。

亚马逊的小豹崽儿开始吸吮她的手指。它的舌头很粗糙，亚马逊感觉痒痒的，很好玩儿。

"你看，它们都饿了。"她说，"咱们有没有什么东西可以给它们吃的?"

弗雷泽刚想回答说他有一些奶粉在背包里,在找到更好的食物之前,他们可以冲奶粉喂给小豹崽儿们。然而,他还没来得及张口,就听到身后传来一个声音,低沉而巨大:

"你们可以给什么东西?把它们给我,哈哈。"

53
鲍里斯回来了

亚马逊猛地转过身去,看到正咧嘴笑着的鲍里斯,还有流着哈喇子、滑头滑脑的鲍里斯狗,显然就是它把它真正的主人带回到这儿来的。

鲍里斯"人"浑身脏兮兮的,衣服也都乱糟糟的,他脸上没被巨大的胡须覆盖的部分,上面的黑胡楂儿也都已经形成了厚厚的硬壳。亚马逊还注意到,他有只眼睛上有道深深的伤痕,还有点儿渗血。

但是,吸引她注意的不是鲍里斯的脸,而是那支枪——鲍里斯的来复枪——正指着她的胸膛。鲍里斯身边还有另外两个人,亚马逊以前没见过他们。他俩穿着破旧的猎装,很明显已经在树林里待了一段时间了,而且,他们身上流露出来的无声的威胁和利落感,让亚马逊感觉他们是专业人士,而绝非那种为了自家的炖锅出来打鹿的周末猎人。他们中有一人拿着AK-47突击步枪,另一人拿着泵动式短枪。

鲍里斯狗围着鲍里斯"人"献媚讨好。

"永远也别相信那只蠢狗。"弗雷泽说。

"怎么回事?"亚马逊问,"其他人呢?米兰达呢?布鲁伊呢?"

"别问鲍里斯问题。鲍里斯让你干什么你就干什么。那样你才能活命,也许。告诉我老野人和傻小子在哪儿。"

弗雷泽愣住了，他四下里看了看，没有看到那两个乌德盖人的踪影。

亚马逊面不改色地回答道："他们去送母豹子了，送到和杜林斯会合的地方。我们刚才给它打了麻醉针。我俩留下来抓小豹崽儿，然后尽快送到船上去。"

弗雷泽吃惊地看着她，想要问她到底在说什么，然而，在短暂思量之后，他决定闭嘴。

鲍里斯咕哝了一声，用俄语跟那两个人说了些什么。那俩人点点头，转身走进森林，显然是去追赶乌德盖人了。

"好吧，把小豹崽儿给我，"鲍里斯说，"然后咱们去见你们的朋友。你们都会没事的。"说完，鲍里斯又附上他那标志性的笑声，但是让人感觉很假。那虚假的笑声以及那笑声所隐藏的东西，是亚马逊经历过的最恐怖的事情。

亚马逊思考着要不要逃跑。弗雷泽则在考虑怎么把鲍里斯的枪抢过来。但他们俩都觉得眼下任何反抗都无异于送死。他们非常不情愿地走到鲍里斯面前，把尖叫着扭动着的小豹崽儿放进鲍里斯打开的麻袋里。

"鲍里斯很对不起，"他说着，又表演起他那做作的耸肩，"可鲍里斯也有命令要遵守。"

54
真假难辨

鲍里斯用卡拉什尼科夫步枪戳着他们的后背,弗雷泽和亚马逊被迫开始了在森林里的艰难跋涉。亚马逊内心十分凄凉,她虽然还不能完全了解所发生的事情,但她知道接下来要发生的事情肯定很不好。对她不好,对其他人不好,对小豹崽儿不好。但她心底对德尔苏和马克哈抱着希望,但愿他们正在计划着来营救他们,也许这正是他们失踪的原因。但如果他们的消失只是为了自救,她也不会责怪他们。对他们来说,其他所有人都是局外人——不管是俄罗斯人、美国人,还是英国人,都是到这里来偷窃他们土地、破坏他们文化的人。

弗雷泽脑子里闪过的是完全不同的想法。他曾多次陷入困境,知道偷猎者有多残忍,他猜测鲍里斯就是这样的人——决意要杀死豹子,把豹子的骨头和毛皮卖给出价最高的人。他知道杀死他们对鲍里斯来说不是什么难事,于是,他想寻找时机做点儿让这个俄罗斯人意想不到的事情,特别是趁这会儿只有他一个人的时候。他猜基洛夫跟他不是一伙的——前者看上去不像是个偷猎者。没准儿鲍里斯已经把他杀了。

弗雷泽知道自己必须快点儿行动了,要在遇到鲍里斯的团伙之前。他弯下身来系靴子上的鞋带,计划引鲍里斯靠近,然后伺机把枪抢过来。

可是，就在弯下腰的那一瞬间，他感觉自己的肩膀被鲍里斯的大靴子踩住了，趴在地上动弹不得。

与此同时，鲍里斯一把抓住亚马逊，把她拽倒在弗雷泽旁边。他那热烘烘的大蒜味儿的呼吸吹到她脸上，那一瞬间，亚马逊认为他马上要在这里杀死她和弗雷泽了。她开始挣扎，可这时鲍里斯开始急切地低声说起话来：

"我只有几秒钟时间。你们现在有生命危险，你们那两个朋友也是。"

"什么……"弗雷泽刚要说话，就被鲍里斯制止了。

"听我的，否则你们死路一条。我是俄罗斯特勤局的特工。那个叫基洛夫的人在为俄罗斯一个亿万富翁工作。这个人拥有许多产业，包括一个伐木公司。通过行贿和腐败，以及杀害那些挡他路的人，他即将获得砍伐这个地区树木的许可。放归豹子的项目妨碍了他的计划，因为这些动物受到国家法律的保护，而且，国际社会都会关注它们。最重要的是，他们不仅要把这里的豹子杀死，而且还要告诉世人，由于这个地区无法无天，把豹子重新引入的行动只能是徒劳。因此，他们的计划是，杀掉想要帮助豹子的环保人士，并把这些行径归罪于土匪和偷猎者。一旦放归豹子的行动被放弃，他们就可以开始伐木了。"

弗雷泽点点头："那我们能做什么？"

"选择权在你们。我要试试去救你们的朋友。你们可以现在就逃跑，想办法发出警报；也可以来帮助我。麻烦的是，有两个杀手正跟基洛夫在一起，还有那两个去追捕乌德盖人的家伙。如果我失败了，他们会接着来抓你们。但我不能强迫你们帮助我，这取决于你们。"

亚马逊和弗雷泽交换了一下眼神。"我们帮你。"亚马逊果断地说,"可我们能做什么?"

"你们有镇静剂枪。你可以用这个撂倒其中一个家伙。这也就意味着我可以有更多的机会对付其他人。"

"你能行吗?"弗雷泽问亚马逊。

她点点头:"就这么定了。"

55
基洛夫的营地

十分钟后,鲍里斯把两个孩子推进一块林间空地。两个孩子的手被绑在身后——或者说看上去像是被绑着的。

鲍里斯狗跟在他们身边一路小跑着,无忧无虑地嗅着每一棵树,口水流得到处都是。

空地上的情景令孩子们震惊不已:布鲁伊和米兰达的手脚都被捆在了一起,痛苦地躺在地上。他们两个的嘴也都被堵上了。

布鲁伊已经面目全非,他的脸被打伤,满脸是血,眼睛紧闭着。而米兰达,几天前亚马逊第一次见到她时,她是一个穿着整洁、严肃认真的人,可现在的她判若两人,头发乱七八糟地散乱在脸上,衣衫肮脏褴褛、破烂不堪。

两个杀手一个坐着、一个站着,紧挨着他们。基洛夫默默地站在旁边,脸上露出悠然自得的微笑。

鲍里斯用俄语跟他说话,然后推了弗雷泽一把。

出乎亚马逊意料的是,基洛夫没有用俄语回答,而是说起了英语。

"啊,鲍里斯,见到你真是太好了。"

鲍里斯的脸上也写满了惊讶,基洛夫的语气让他意识到:游戏已经结束了。他想要举起枪,可为时已晚,基洛夫已经从腋下的皮套里抽出一把俄罗斯特种部队专用的半自动手枪,冷冷地击中了那个巨人的胸膛。

鲍里斯的枪从手中掉落，他踉跄着，一脸愕然地用手去抓那个嵌进夹克里的整齐的小洞。

弗雷泽大叫起来："不——"

与此同时，亚马逊抽出一直藏在背后的X-雅克。

她一条腿屈膝跪下——这是最完美、最镇定的射击姿势——瞄准了基洛夫的脖子。一个杀手向她扑过来，弗雷泽冲向前去阻挡，杀手一巴掌把他撂到一边，但这给亚马逊争取到一秒钟的时间，使她来得及扣动扳机。箭头带着双倍浓度的镇静剂，精准无误地向它的目标飞了过去。

但是与此同时，另一枚"飞弹"也正射向基洛夫的喉咙。原来，混沌了半天，鲍里斯狗那迟钝的大脑终于开始意识到不好的事情发生在他主人身上了。它还不明白枪的性质，所以没有理由不让自己冲向基洛夫，于是一路龇着牙，哈喇子四下飞溅，扑向基洛夫。基洛夫下意识地举起双臂做出一个自我保护的姿势，但这完全没有必要：亚马逊瞄得非常准的箭头从后面插进鲍里斯狗厚厚的脑壳上，它摔到地上，立刻丧失了意识。

已经没有时间再射一支箭了。一个杀手恶狠狠地在亚马逊脸上打了一巴掌，粗鲁地夺走了她手里的枪。

鲍里斯——他还没有倒下——绝望地冲向基洛夫，可他的动作已经像个醉汉一样了。基洛夫让他踉踉跄跄地向前走了两步，然后从容地朝他的胸膛又开了一枪。

这一枪彻底击倒了鲍里斯，他的脚一软，一屁股坐到了地上，那姿势看上去甚至有些滑稽。他面色死灰，表情与其说是痛苦，倒不如说是惊愕。随后,他向后倒去,躺倒在铺满落叶的地面上,仰天凝视着环绕在空地四周、伸展到空中的树枝,嘴里发出阵阵痛苦的呻吟声。

基洛夫冷笑着走到他旁边,踢了他一下,因不需要再在这个大个子身上花费精力而心满意足。他把手枪放回皮套,又从夹克里掏出一把折叠式小刀,缓缓弯下腰,用小刀割开鲍里斯夹克领口的布料,一个衬衫纽扣大小的东西掉到他的手掌心里。

"窃听器,老朋友,"他说着,在鲍里斯的脸蛋儿上拍了一个俄罗斯赞赏式的巴掌,"接受过老克格勃①方法训练的可不止你一个人。你说的每个字儿我都能听到。不过这也只是证实了我的怀疑而已。"

鲍里斯想要说话,但是只能发出一些难以理解的、几乎是非人类的声音。

亚马逊想过去帮他,可杀手那强有力的大手死死抓住了她。她扭动着身体,用力咬抓着她的杀手的手,挣扎着想摆脱他的控制。但是那个杀手非常强壮,而且清楚自己在做什么。最后,亚马逊只能放弃挣扎。

基洛夫狂叫着命令杀手把两个孩子捆绑起来,这次,孩子们的手真的被牢牢地绑在了身后,被逼迫跪倒在地。

鲍里斯声嘶力竭地吼出了最后一声,好像是有什么至关重要的事情要说。

接着是一片寂静。

---

① 前苏联的秘密警察。

装着小豹崽儿的袋子就在他身边，小豹崽儿们在里面不停地蠕动着。

亚马逊这时才发现自己在流泪。

基洛夫以出奇的冷漠看着鲍里斯死去，然后转向孩子们。

56
哔哔！

"所以，你们现在都知道真相了。我一点儿也不介意告诉将死之人他们为什么得死。我在克格勃工作的时候，那里的人总是要让那些即将被判决死刑的人相信，这是为了国家，为了全人类，也是为了他们自己。这对他们是一种安慰。"

"你没必要这样做。"亚马逊哭着说，"你已经拿到豹子了，你可以放我们走……"

"别白费力气了。"弗雷泽冷冷地说。他已经看出来那个人根本不可能给他们留活路。

基洛夫笑了，那一瞬间，他看起来好像并不是那么冷漠无情。

"我亲爱的孩子，我真的希望我能让你们走。杀了你们我得不到任何乐趣。但是，我的老板不喜欢做事虎头蛇尾。而放过两个像你们这样知道这么多事情的孩子，更不要说还有你们的这两个朋友……"他用拇指指着米兰达和布鲁伊，"这样干绝对会被说成'虎头蛇尾'的。"

弗雷泽已经感到绝望了，可就在这时，他隐隐听到了什么动静，他起初有些困惑，但紧接着仿佛看到了一线希望。他还背着背包，刚才他听到背包的最底层传来一阵极其微弱的哔哔声。几秒钟后，又传来一声，依旧微弱，但肯定是更响了。虽然没有响到引起别人的注意，但足以让他做出决定，尽量让基洛夫说得更长一些，以拖延时间。

"这一切真的只是因为采伐权吗？"他问道。

"只——是——采伐权？你知不知道这些华美的古老落叶松和松树值多少钱？几百万美元呢！不过，是的，你说得很对，当然不仅仅是因为木材。我的老板认为世间万物都是互相关联的，什么东西都不应该被浪费。比如说，这两只可爱的小豹崽儿，在未来的什么时候，就会为我的老板服务，作为——你们是怎么说的来着？——一种爱好。"

又一声哗，更响了。绝对是更响了。

"爱好？你在说什么呢？"

"不是只有你们喜欢野生动物。我的老板收集了大量的珍稀动物和濒危动物。"

弗雷泽有点儿糊涂了，这不合常理啊。但只要基洛夫能接着说话就行。

"你是说他繁殖这些动物……把它们放回到野生界？"

"繁殖？放回？哦，不。你完全理解错了。是把它们作为狩猎对象，越是珍稀的动物，捕猎时的刺激感就越强烈。"

又是一声哗，声音相当响了，以致弗雷泽担心会被基洛夫听到。

"你们都收集了什么动物？"弗雷泽急忙问。

"白犀牛、阿拉伯羚羊、孟加拉虎……卡格斯先生，呃，就是我的老板，已经把它们通通射杀了。等这两个小家伙长大了，也会成为相当不错的狩猎对象呢。"

"你们这些禽兽！"亚马逊向地上啐了一口。

弗雷泽真恨不得踢她一下，可他的脚伸不了那么远。眼下他最不想做的事就是激怒基洛夫。他们必须让他接着说话。

哗——

"当然了，"基洛夫不动声色地调侃道，"我们都是禽兽。你、我、我的老板、智人物种的成员们、猿的后代们，而永生则是所有禽兽都得不到的礼物。"他停下来，嗅了嗅空气中浓烟的气味，"看来咱们的时间已经很紧了。再说一次，我很抱歉。"

他举起枪，把手指放在扳机上。亚马逊凝视着枪筒，她的生命就要结束了，而她无法相信这一不可避免的事实。

57
老朋友

基洛夫停了一下,他的手指还在扳机上。

"什么声音?"他质问道。哔哔声已经变得连续不断了。

一瞬间,亚马逊立刻意识到这仿佛蜂鸣的声音意味着什么:无线电追踪器!有什么东西正在向这边走来,可能是会残酷杀死他们的东西。

抑或是,会拯救他们的东西。

弗雷泽还想接着说些什么——什么都行——只要能让对话继续下去,但他此刻停了下来,错愕不已。

他看到一个影子出现在空地边缘——但很难看清楚到底是什么。天色已经开始变暗,既是因为暮色将近,也是因为森林大火的浓烟已经飘过来了。那个身影看上去很像马克哈——那个老乌德盖人,可奇怪的是,他更像是马克哈的变身。他看上去更高、更年轻,但没有马克哈坚实,整个形象看上去特别梦幻。

他伸出双臂站在那里,右手举着一个像叉子一样的东西,整个人被烟雾环绕着。他用鼻音唱着那首奇怪的歌,和以前一样,这首歌让弗雷泽后脖子的汗毛都竖立起来。

几个俄罗斯人也听到了,都转过脸去看着那个来历不明的人。基洛夫张大了嘴巴,但他不是那种反应迟钝的人,他迅即把手枪瞄准那个烟雾环绕的身影,连开了三枪:

砰。

砰。

砰。

不知是他故意没有瞄准，还是就这样神奇，那个乌德盖人一直没有停止歌唱。基洛夫检查了一下他的武器，再次扣动扳机射击，这次速度更快。

砰砰砰砰。

弗雷泽虽然无法确定，但他觉得那个人看上去青春无限、笑容满面。

忽然，他消失在空地的边缘和茂密而神秘的森林之间。

他去哪儿了？他怎么不见了？

然而，现在没有时间去好奇，"马克哈"刚才站着的地方出现了一团活着的火焰：但并不是森林里的大火，而是那只巨大的老虎——安巴。它跳到空地中央，怒吼着像是要把整个宇宙撕得粉碎。

那两个俄罗斯杀手胡乱开了几枪，尖叫着逃进森林，手里的枪支都扔在了地上。

基洛夫意志顽强，拿着手枪不停地向老虎射击。可他的反击只是成功吸引了安巴的注意。老虎原本已经要去追击逃入森林的两个杀手了，这时又怒气冲天地转回身来，咆哮着向基洛夫奔去。

当老虎离他只有几米远的时候，基洛夫再次扣动扳机，可这回手枪只发出了一声清脆的扣动扳机的声音——弹匣里的十二发子弹已经空了。

终于，基洛夫意识到了自己的险境。他把已经毫无用处的武器向老虎投掷过去,仓皇转身去追随他的同伙们去了。老虎紧随其后,与他们一起消失在密林深处。

几秒钟后,弗雷泽和亚马逊听到一声可怕的尖叫,四周随即陷入一片寂静。

58
才出虎口,又入狼窝

"你还好吗?"弗雷泽对亚马逊喊。

亚马逊因寒冷和惊吓而浑身打战,但还是勉强点了点头。而且,她知道他们依然随时都有生命危险——老虎已经失去控制,山火仍在逼近,而他们的手还是捆着的。

就在这时,刚才"马克哈"现身的那个地方,又出现了另一个更瘦小的身影。

"德尔苏!"亚马逊大叫起来,"我就知道你会来的。是你们把老虎带来的,对吗?"

"是的。一切是我爷爷计划好的,"他一边回答,一边飞快地割断绑着他们手腕的绳子,"我们把那两个俄罗斯人引到树林深处,然后他们就迷路了。我不认为我们还能再碰到他们……然后我们把安巴引到这儿,一开始我跑在老虎前面,然后我爬上树,剩下的路都是我爷爷领着它走的。"

"可是你爷爷……他好像刚才在这儿……然后……又不在了。"

"请告诉我你都看到了什么。"德尔苏说话的声音虽然非常轻,但感情强烈,每个字都很清晰。

"当然,"弗雷泽一边说,一边捡起地上的X–雅克,"不过我得先把这个宝贝重新装好,我可不想成为老虎的一道甜点。"

接下来,亚马逊和弗雷泽一起讲述他们看到的情景,虽说他俩都觉得这件事很荒唐。

德尔苏摇摇头，似乎已经知道了什么，但又拒绝接受。亚马逊隐约看见他的眼角闪烁着泪光，当然那也可能是被烟熏的。

"我想我祖父已经走了，"他说，语气平静，未流露任何感情色彩，"是山火……他没能逃出来。"

"可是我们看到的是……"

"我不知道。那可能是浓烟的把戏，也可能是我父亲。"他简短地回答，"我是说，他来帮助我祖父。"

"我不明白。"亚马逊说。

"我祖父的时间到了。他已经活得足够长了。他一直想跟我父亲在灵的世界重聚，我想应该是我父亲来找他了。"

弗雷泽把手放在这个比他大的男孩肩上，说："你还好吗？"

德尔苏点点头，用袖子擦了擦眼睛，说："现在我们必须去帮助你们的朋友……"

亚马逊这才想起米兰达和布鲁伊。德尔苏割断捆绑着他们手腕的绳索，亚马逊摘掉堵在他们嘴上的东西。布鲁伊被殴打致伤，依然昏迷不醒。米兰达的眼神依然迷乱，但她很快就回过神来。

"谢谢。"米兰达说道，"鲍里斯很快就在私下里告诉了我有关这个阴谋的信息。他说他不知道应该相信谁。他甚至怀疑杜林斯。可就在那时，基洛夫和那几个俄罗斯人出现了，他们一直在森林里埋伏我们。他们毒打了布鲁伊。他们之所以让我们活着，是因为我们能使用无线电接收器寻找豹子。"

"哦，鲍里斯！"亚马逊号啕大哭起来。这一切对她来说太难接受了，她的眼泪正顺着面颊扑簌簌滚下来。

他们一起跑到那个倒地的巨人身边。

"他是不是？……"弗雷泽打破沉默。

米兰达摇摇头说："已经太晚了。我们必须尽快离开这儿。我们仍然可以想办法到达集合点，杜林斯应该还在那儿。我们必须确保小豹崽儿的安全，现在它们才是真正重要的。小豹崽儿呢？"

亚马逊在那个旧口袋里摸索着，掏出一只豹崽儿，是那只公的，而且它好像也认出了她，亲昵地嗷叫着。弗雷泽也掏出他的那只亲密伙伴。

"它们还饿着呢……"他说。

这时，他的话被一个声音打断了，那声音很微弱，但不知怎的，回声像猛烈撞击在岩石海岸的巨浪般轰鸣。

"鲍里斯也饿。子弹能刺激食欲，哈哈。"

孩子们惊讶地向后退了一步，随即都高兴地扑向鲍里斯。

"你还……你还……"亚马逊激动得说不出话来。

"不可能啊，"米兰达说，"我看见基洛夫打中了你。"

布鲁伊啪地拨开鲍里斯衬衫的纽扣，一层黑色的织物露出来："防弹背心！"

鲍里斯举起自己的胳膊肘儿，很明显在强忍着疼痛。

"当然了。鲍里斯是专家。但是基洛夫这只臭猪猡用的是穿甲弹，背心没能阻挡所有的弹片。子弹打断了鲍里斯的肋骨，还打出很多小洞。可是几个子弹洞还杀不死鲍里斯。"

鲍里斯忽然剧烈地咳嗽起来，最后吐出一口液体，他低头一看，是红色的。

"可能鲍里斯不太好。"

米兰达从弗雷泽的背包里找出野外急救包，为鲍里斯处理伤口。

"我不想催你们，"布鲁伊说，"可咱们必须快点儿离开了。大火随时都会烧到这里。"

弗雷泽已经能看到不远处火焰的红光了。

而与此同时，他敏锐的目光看到了更可怕的一幕：狰狞的獠牙。

他最初的反应是老虎又回来了，顿时心惊肉跳。紧接着他发现那家伙比老虎要小，但凶猛程度一点儿也不比老虎逊色。

59
机不可失

是母豹子!

而弗雷泽正怀抱着一只它心爱的宝宝。

两种截然矛盾的感情充斥着弗雷泽:喜悦——因为无论多么不可思议,无论之前有多少证据,可眼前的事实是,母豹子还活着;还有恐惧——因为他知道母豹子想要干什么。

弗雷泽能看到母豹子正绷紧全身肌肉,准备随时扑过来——但似乎它又在犹豫:在自己冲过去之前,这些人类会不会伤害它的宝宝?

其他人都还没注意到母豹子的出现,弗雷泽知道必须保持镇定,在几秒钟的时间内迅速采取行动。

他先把怀里的小豹崽儿塞给亚马逊,让它跟它的兄弟在一起。他知道这样做会把亚马逊置于危险境地,但为了保护这个团队,他只能这样。

接着,他跳到放着X-雅克的地方——他用眼角的余光看到母豹子已经做出了决定,也就是豹子通常会做出的那个决定:进攻!

他抓起X-雅克,迅速转身,已经没时间好好瞄准了——事实上,他开枪的时候还没完全转过身来呢。

亚马逊疑惑地看着这一切,她还以为弗雷泽疯了。这时X-雅克的箭头径直朝她的脸飞了过来,但只是像一只愤怒的大黄蜂一

样呼啸着从她耳旁掠过。

在起跳之前的一瞬间被击中,那只豹子立刻停住,摇晃了一下,跌倒在地。

布鲁伊、米兰达、亚马逊,所有人都目瞪口呆地看着弗雷泽和那只睡着的大猫。接着,大家一齐爆发出哈哈大笑,这是因为没人受伤而放心的开怀大笑。而亚马逊和弗雷泽更是惊喜万分:母豹子居然还活着!

"我们还以为它已经被老虎吃掉了,"弗雷泽跟其他人解释道,"它的无线电项圈——已经被扯掉了,一定是老虎攻击它的时候,误把项圈吞下去了。项圈救了它一命。"

德尔苏的一句话把他们都带回到现实世界:"项圈是救了它的命,可现在咱们再不快点儿的话,大家都要同归于尽了。"

他是对的,大火正在从三个方向往这块空地压过来。"可,我们怎么才能……"亚马逊结结巴巴地说,"豹子……鲍里斯……"

"不用管鲍里斯,你们走,"俄罗斯巨人上气不接下气地说,"不能搬。就算能搬,会减慢速度。大家都被烧死。走,但把枪留给鲍里斯。"

"非常遗憾,亚马逊,"米兰达带着她一贯的冷静和克制说,"但是,他是对的,我们现在必须跑下山去,否则大家都会死在这儿。"

60
繁星掷长矛,泪水洒穹苍①

"不行!"亚马逊大喊起来,她赶紧把两只小豹崽儿放进口袋里,"肯定有办法。"

她环视每一个人,可大家都避开了她的目光。每个人都知道米兰达说的是事实。四周已经都是火焰了,而她也已感到大火的热气扑面而来。

鲍里斯打破了沉默:"走!走!走!我的良心也不会允许小孩子为我牺牲。已经有太多牺牲了。"

这时弗雷泽开口了:"亚马逊说得对,我们应该试一下。"

他用一只胳膊搂住鲍里斯,亚马逊也从另一侧搂住鲍里斯。现在除了蒜肠的气味外,鲍里斯的呼吸里还掺杂了一股血腥的气味。他们一起把鲍里斯扶了起来,德尔苏也过来帮忙,布鲁伊和米兰达则跑过去搬母豹子。

"我们必须快一点儿了。"德尔苏说,"只有到了河边我们才安全。"

可这时乌德盖人停了下来,他那超敏锐的感官好像感觉到了什么。亚马逊也听到了,接着弗雷泽也听到了。他们一起抬头看向天空。

---

① 英国诗人威廉·布莱克的诗句。——译者注

"是什么？"米兰达说，"等等，不会，我听到了……飞机？"

"不是飞机，"布鲁伊说，"直升机。听起来好像不止一架。"

现在他们看见了——一架有着巨大的胖肚子的俄罗斯Mi-26直升机（世界上最大的直升机）——正在他们头顶两百米的上空盘旋，八片桨翼的螺旋桨发出震耳欲聋的轰鸣声。直升机下面有着一个巨大的水桶般的东西，由两条粗大的缆绳悬挂着。

这架Mi-26并不孤独，还有两架，不，三架，正跟它一起在空中盘旋。

"怎么回事？"亚马逊对着弗雷泽的耳朵大声喊道。

"我也不知道，"他也冲着她大喊道，"哦，等一下，我知道了，咱们应该……"

他的话还没说完，挂着巨型水桶的两根大缆绳中的一根缩短了，大桶倾斜过来，里面的一万五千升的水倾泻而出，浇在下面的森林里。如果这桶水直接倒在这块空地上，这一组人都会被砸死，即便有人能免于被砸，也会被大水淹死。幸运的是，这大水是冲着空地外面的熊熊烈火去的。

接着，他们四周都奔涌起泥水形成的褐色急流。弗雷泽和米兰达必须把鲍里斯的身体抬起来，才能让他不至于被大水冲走，与此同时，布鲁伊和亚马逊在拼命搬沉重的豹子。

鲍里斯狗倒是不需要帮忙——当大水冲到它身上时，它甩了甩头，像醉汉似的摇摇晃晃地爬起来，然后开始狗刨式游泳，直到大水都流走。

另外三架直升机也分头把它们雷鸣般巨响的"货物"浇灌到周围的森林，很快，水蒸气的热浪就取代了呛人的浓烟。

同一时间内体验到凶险和有趣——当然，有趣的那一面是他们确认了自己不会被淹死后才体验到的。

仅仅几分钟之内，直升机突突突地飞走又飞回——弗雷泽猜想它们是把那个巨型水桶投入附近的河里取水的。

"会是谁干的呢？"亚马逊自言自语，但同时也是问大家。

"杜林斯，也许，"布鲁伊说，"他可能觉察到我们这边出了乱子，然后去找人帮忙了。"

"我可不认为鲍伯有权限找来如此重型的武器。"米兰达说，"那都是俄罗斯政府的直升机。"

"有架正往这边飞呢！"弗雷泽提高了嗓门儿，好压过直升机引擎的轰鸣声，否则没人能听到他的声音。大家都感觉到了巨大的螺旋桨叶片带来的强劲威力，统统急忙向后躲避，虽然这时直升机离地面只有一百米左右了。

"它要降落，"布鲁伊说，"所有人，向后退！"

他是对的。黄色的大刀片慢慢降落在空地上，把直升机停在了这块刚好够大的地方，弗雷泽由衷地钦佩飞行员的技巧。

尽管如此，他们都保持着警惕。发生了太多坏事，因此他们不能轻易猜测这是轻骑兵来营救他们。

Mi-26一侧的机舱门嘎吱叫着向后打开，一个身影——肌肉发达但并不年轻——跳下直升机，根本没理会在他之前就放下来的梯子。他的头发剃得紧贴头皮，一派军人作风。他的眼睛是灰色的，里面闪烁着忧虑。

"爸！"

61
营救

弗雷泽跑了过去,略显局促地跟哈尔拥抱了一下,看来他们对这种亲密关系已经有些生疏了。

"你们找到豹子了吧?"哈尔四下打量一圈,然后说道。

"那当然了,爸。一只母的和两只小的。但是我们中有人员受伤了。我们得把鲍里斯——就是躺在地上的那个大个子,赶紧送到医院去,越快越好。他中了一枪,也可能是两枪。"

"什么?"

"说来话长。路上我会告诉您的。可您是怎么知道……我是说……您是从哪儿搞到这些直升机的?"

大家都围了上来,又有几个人从直升机里出来了。

"当我得知发生了什么事情,"弗雷泽的爸爸说,"我马上联系了鲍伯。他把大概情况告诉我了,还说火势比他们预想的发展要迅猛,我们动用了一些俄罗斯内务部的关系,标价几百万卢布的关系……"

亚马逊打断了他的话,她的眼睛充满了期待,以及些许恐惧:

"哈尔伯伯?"

"噢,哎呀,爸,"弗雷泽说,"我都忘了,你还没见过亚马逊呢,没有吧?"

"亚马逊,"不知怎的,哈尔说话的声音里似乎同时透露出悲哀和喜悦，"你长大了……我上次见你的时候，你还穿着尿布呢。"

"我妈和我爸呢？……您有没有……"

哈尔把手放在亚马逊的肩膀上，脸色极为严肃。

"我很抱歉，亚马逊。情况不是很好，你父母没去温哥华。没有他们的飞行记录，也没有记录显示他们在其他什么地方降落了。不过现在还没有必要惊慌，只是……"

亚马逊试图让自己的声音保持镇定："您觉得会不会出了什么事故？"

"很有可能他们临时更改了计划。我的这个兄弟从来都喜欢出其不意。不管怎样，我们都会找到他们的，亚马逊。我保证。"哈尔停了下来，查看了一下周围环境被破坏的情况，然后摇摇头，接着说，"好吧，现在我们需要先把你们所有人以及动物都运到安全的地方去。这是目前最重要的事情。路上你们可以跟我说说发生了什么事情。"

弗雷泽是最后一个爬上直升机的，他催着德尔苏在他前面爬梯子。这个年轻的乌德盖人一直表现得很勇敢，但弗雷泽能看出他内心正因失去祖父而伤心沮丧。

弗雷泽拉上机舱门时，最后看了一眼这块空地，他果然发现了什么：一个步履蹒跚的身影从烧焦了的烟雾缭绕的森林里走了出来！最初，弗雷泽以为那一定是基洛夫或者其他俄罗斯杀手中的一个，于是把父亲叫了过来。但这时候，他意识到这个弯着腰的老人只能是一个人——

"德尔苏！"他高喊着，声音盖过了直升机的喧嚣声，"你爷爷！"

62
一个新的追踪者
和一个老对头

在直升机里,德尔苏努力给大家讲述爷爷刚才告诉他的事情:
"我爷爷说,他按照我们的计划把安巴引到你们那里,但是他太老了,腿脚不行了。而且,因为大火的浓烟,他的呼吸也变得愈加困难,所以他没能走到空地那里,在安巴的前面倒下了。他很难过,估计自己很快就会死去。而安巴为胜过他而扬扬自得。可我爷爷并不是为他自己的生命难过,而是为了那些年轻人。而这时,他好像看到了死去儿子将安巴引到了之前计划去的地方。"

看到大家对此半信半疑,德尔苏说:"这是我爷爷相信的事情,他活了七十多岁,从来没说过一句假话。"

看着那个老人,所有人都明白,无论真相如何,他肯定没有说谎。

与豹子告别令亚马逊和弗雷泽倍感失落。直升机把他们放到森林里一处安全的地方,哈尔和米兰达一起,把母豹子搬到一棵老橡树盘根错节的树根旁,亚马逊和弗雷泽把小豹崽儿抱了过去。

布鲁伊给还在昏睡的母豹子戴上一个新的无线电项圈。

"这玩意儿之前保住了你的脖子,"他说,"说不定以后还会救你一命。"

亚马逊和弗雷泽最后又抱了抱那两只小豹崽儿,然后把它们放到母豹子身边，让它们紧紧依偎着妈妈。

一行人没有停留太久，因为母豹子已经开始出现了恢复知觉的迹象，而且，即使它醒来后发现它的宝宝们还在身边，也不大可能懂得感恩戴德。

"干得好，伙计们。"哈尔说。

"它们在这儿会很安全吧，是不是？"亚马逊问道。

"我估计是。"哈尔回答道。他拍了拍亚马逊的胳膊，让她放心，"我会确保追踪组织给野生动物放归项目提供更多的资金。而且，现在俄罗斯中央政府已经知道了这里的情况，伐木者和偷猎者应该不会再来找麻烦了。"

"如果我爸爸这么说了，那肯定就没问题。"弗雷泽加了一句。

这时，母豹子抽搐了一下，大家都跳了起来。

"咱们得赶紧走了。"布鲁伊说。所有人都迅速跑回直升机里。亚马逊是最后一个爬进机舱门的。门关上后，她回头不舍地看了看，母豹子正睡眼蒙眬地舔舐着喵喵叫的小豹崽儿。

接下来要做的，就是把德尔苏和马克哈送回家。这位老人看上去比前两天虚弱了很多。他的妻子——现在大家才知道她的名字是柳德米拉——开门出来，先是责骂了马克哈一通，然后才让他们进到屋里。

哈尔握着德尔苏的手说："年轻人，非常感谢你和你的祖父。你们救了我儿子和我侄女的性命，也救了这几只豹子。我想正式邀请你加入我们的组织，'追踪基地'非常需要你这样的年轻人。"

"这也正是我想建议的事情！"弗雷泽说。

德尔苏听了很兴奋，但他的脸很快又沉了下去：

"可我必须留在这儿照顾我的爷爷奶奶……"

"巧的是，这也正是我们目前想让你待的地方。"哈尔说，"鲍伯需要一个得力助手。很快会有一笔资金来协助你们团队，然后，等你……嗯，等你更自由一些，你可以走出这里，正式加入我们。我敢保证你的未来一定会很有意义的。"

德尔苏笑逐颜开，"这个计划太棒了。"他说。

亚马逊和弗雷泽跟德尔苏拥抱告别。然后德尔苏跑去站到爷爷奶奶身边，三人挥着手目送直升机提起沉重的机身，渐渐升入高空。

最后，他们飞回位于符拉迪沃斯托克的俄军基地，把鲍里斯火速送往医院。在被轮椅推走时，鲍里斯还在大喊大叫着："鲍里斯很快回来，哈哈。"

在从首尔飞往温哥华的飞机上，哈尔让孩子们再次把发生的事情从头到尾讲了一遍。

"那个人……"哈尔问道，瘦削的脸庞上不露声色，"就是基洛夫的雇主，基洛夫有没有提到过他的名字？"

"我记得他好像说过，"弗雷泽回答，"克拉格斯，好像是，或者是像这一类的名字。"

"不是克拉格斯。"亚马逊说，"是卡格斯。"

哈尔神情凝重地点点头，似乎他早已知道答案。

实际上，尽管这个名字他已经有四十多年没听到过了，今天听到仍然让他充满恐惧。但他没跟他俩提及，现在还不是时候。

现在是该睡觉的时候。

坐在头等舱舒适的座椅上,弗雷泽已经昏昏欲睡了,他的脑海里正在重现那辉煌的一幕:他用X-雅克射出一箭,从豹子嘴里救出了亚马逊。

亚马逊则一心思念着她的父母。

她知道她的父母一定还活着,在某个遥远的地方。而且,她也知道,她要亲身参与寻找他们的行动。

(未完待续)